________________ 님께

나의 삶이여, 어둠을 지나더라도 스스로 빛나는 별이 되기를.
우리의 생이여, 넘어져도 다시 피어나는 들꽃처럼, 결코 꺾이지 않기를.
더불어 사는 삶이여, 때론 눈물로 서로를 적시더라도
그 안에서 따뜻한 온기를 잃지 않기를….

2026년 봄을 맞으며
작가, 김윤미 드림

내 마음의 정원에서

김윤미 창작집

내 마음의 정원에서

당신도 오늘 하루, 당신만의 정원에서 고요히 향기를 피우기를…
말없이 존재하는 것만으로도 충분히 아름다운 날이 있으니,
그 하루를 부디, 자신에게 선물해 주기를…

좋은땅

세상의 소음이 잠시 멈춘 듯, 나는 오후의 창가에 앉는다.

햇살이 책장을 조용히 건너가고, 부드러운 음악이 내 서재의 마루바닥을 가만히 쓰다듬는다. 이 순간만큼은 내 마음 깊은 곳의 정원에 깊숙이 발을 들인 듯한 기분이다.

살면서 우리는 참 많은 가지를 쳐내며 살아왔다.

버려도 좋을 것 같았던 감정들, 끝내 꺼내지 못한 말들, 차마 붙잡지 못한 이별들까지, 그 모든 것들이 내 안 어딘가에 말없이 남아 작은 가지처럼 잠들어 있었다.

그러다 문득, 바람이 불고 빛이 스며들면 그 조용히 남겨진 가지 하나에서 새순이 피어난다. 아무도 알아채지 못하지만 나만은 안다. 그것은 바로, 그곳에서도 삶이 다시 시작된다는 아주 은밀한 신호다.

나의 정원은 오늘도 말이 없다. 하지만 무심하게 꽃은 핀다.

슬픔도, 기쁨도, 묻혀 있던 기억도 다시 대지의 검은 흙이 되어 다시 피어난다. 어쩌면 이제야 조금 알 것도 같다.

우리는 사랑하며 상처받고, 상처받으면서도 또다시 사랑하게 되는 존재라는 것을 말이다. 내 마음의 정원엔 꽃과 부러진 가지와 다시 자라나는 새순이 함께 존재하고 있다. 그 모두가 삶이다. 그러니 당신도 오늘 하루, '당신만의 정원'에서 고요한 당신만의 향기를 피우기를 바란다.

말없이 존재하는 것만으로도 충분히 아름다운 날이 있으니, 그 하루를 부디 자신에게 선물해 주기를…!

2026년 봄을 맞으며, 작가 김윤미

As if the noise of the world has hushed for a moment,
I sit by the afternoon window.

Sunlight gently crosses the pages of my book, and soft music caresses the wooden floor of my study. In this stillness, I feel as though I've stepped quietly into the hidden garden deep within my heart.

In life, we prune so many branches- feelings we thought we could discard, words we never found the courage to speak, farewells we failed to hold onto⋯ All of them remain somewhere inside us, quietly dormant like forgotten twigs.

Then one day, when the wind brushes past and light softly seeps in, a small bud begins to bloom from one of those silent branches. No one else may notice it, but I do. It is a secret sign that life has begun again. My garden, even today, says nothing.

But still flowers bloom. Sorrow, joy, buried memories- They all become soil and bloom once more. Perhaps I am only beginning to understand. That we are beings who love and are wounded, And through those wounds, learn again how to love.

In the garden of my heart, there are flowers, broken branches,

And the soft green shoots are growing anew. All of it-every part-is life.

So, I hope you do too, in your quiet garden, Let your scent gently rise today. There are days when one simply exists It is more than enough to be beautiful-May you give yourself one of those days.

- Spring, 2026

Kim Yun me

목차

수필 모음: 내 기억의 정원에서

소설모음집

시 모음: 삶, 사랑
— 그 잔잔한 노래

꽃들과 부러진 가지들에게

오늘도 비 오고 바람 불던 하루가
저 산 너머 서쪽 끝에서 서서히 저물고
비 그친 집의 앞 마당에는 철 이른 낙엽들과
큰 나무에서 떨어진 굵고 작은 잔가지들만이
뒤엉켜서 뒹굴고 있다

아! 그것은 긴 꿈이었던가
어제 밤에 휘몰아치던 거센 비바람
집안의 큰 창문들이 일제히 덜컹거리며 흔들리고
대지의 젖은 흙 냄새와 키 큰 소나무들과
비에 꺾인 고운 꽃들의 신음 소리들이 안쓰럽다

우리의 꿈은 비록 비바람에 휘어질지라도 꺾이지 않는
언덕 위의 큰 나무들처럼 저 모진 폭풍우보다 더 강건해지기를

나의 사랑하는 그대들이여, 이 폭풍우를 뚫고 우리는
끝끝내 살아남아 푸른 잎 새들과 아름다운 꽃들로
우리 향기로운 새봄에 이르기를…!

사랑하는 사람아

다사로운 봄빛이 스며드는 어느 날
꽃이 조용히 피어나듯
그리운 당신을 마음껏 보고 싶습니다
고마움은 바람결에 실려 한껏 피고 또 지고
푸른 파도가 바다를 일렁이듯
내 마음의 꽃밭에도 이름 없는 당신이
살며시 피어납니다
그대를 향한 마음은 이름조차 필요 없는 사랑
바라보기만 해도 가슴이 환히 밝아지는
하나의 계절입니다

아가 2장 10-12절
"내 사랑하는 자야, 일어나서 함께 가자.
보라. 겨울은 지나고 비도 그쳤고
꽃이 땅에 피고 새가 노래할 때가 이르렀으며
비둘기의 소리가 우리 땅에 들리는구나."

사랑이 뭐냐고 묻는 그대들에게

사랑이 뭐냐고 묻는 그대들에게
나는 오래된 흑백영화 한 편을 떠올린다
화려하지도 찬란하지 않아도
한 장면 한 장면이 오래 남는 그런 영화

은하수 너머 반짝이던 별빛처럼
사랑도 멀고 막막하지만
결국 우리 마음속 깊은 곳을 비춘다

는개비 촉촉히 내리던 어느 여름날처럼
사랑은 반딧불이 되어
어두운 밤을 밝혔던 내 청춘의 기억이다

음악 감상실에서

시 모음: 삶, 사랑 - 그 잔잔한 노래

조용히 눈이 내리는 저녁
방 안 한구석에 음악의 숨결이 가만히 깃든다

겨울비처럼 촉촉이 내리는 음표들은
말 없이 마음에 젖어든다

희미한 불빛 아래
그 은은한 선율은
하루의 고단함을 조용히 감싸안고

눈 내리는 창밖을 닮아
아무 말 없이
오래도록 곁에 머문다

음악은
우리에게 들키지 않은 위로로
밤의 온기를 남긴다

케세라 세라
- 흘러가는 것들에게

작은 불빛 위로
세월이 지나간 흔적들이
고요히 흔들린다.

그때 귓가에 흘러든
낡은 노래 한 소절,
"케세라 세라—
모든 것은 흐름대로,
삶은 결국 흘러가는 것."

그 단순한 진실이
오늘은 유독 내 마음을 두드린다.

흘러가고,
머무는 대로,
나는 스스로를 놓아주는 법을
하루하루 배워간다.

이 순간,
작은 촛불 하나가
내 안의 오래된 그림자를
부드럽게 감싸 안는다.

인생의 자유
- 바람처럼 가볍게, 물처럼 깊게

나이가 든다는 것은 천천히 그러나 확실하게
내 삶의 무게를 덜어내는 일이다
아이들이 각자의 바다로 나아가고
나는 이제 구속 없는 바람처럼
모난 데 없이 흐르는 물처럼 자유를 배워간다

그 누구와도 바꿀 수 없는 나만의 고요한 항해
망망대해를 건너듯 나는 홀로 그러나 씩씩하게
자유라는 푸른 대양을 유영한다
혹시라도 그 끝에서 바람 같은 벗을 만난다면
그 또한 인생의 축복이리라

오늘도 나는 보이지 않는 방패를 두르고
'ADT' 경고음 사이로 나만의 고요를 지킨다
내 자유를 지켜주는 작고 묵직한 친구여, 고맙다

인연
- 차 한잔의 운명

한 그릇의 따뜻한 밥처럼
인연도 그렇게 소박하고 단순했으면 좋겠다
비록 세상은 거칠고 쓰라릴지라도
함께 웃고, 함께 먹고 함께 사는 것이
결국 인생이 아닐까

달빛을 이고 마주 앉아 마시던
차 한 잔의 온기
그 시간의 눈빛
어차피 떠날 인연이라면
미련도 원망도 남기지 말고
바람처럼 가볍게 훌훌 털고 떠나라

남은 우리는 그 차 향기처럼
기억만 곱게 남기면 되려니

새벽편지 1
- 어둠을 먹고 자라는 빛

새벽 공기가 참 맑다
알싸한 기운이 코끝을 스치지만 그마저도 청량하게 느껴진다
들숨은 깊고 날숨은 가볍다 이렇게 새벽이 내 안에 깃든다

혼자 빛을 내지 못하는 달 가로등 밑을 서성이던 별들도
하늘로 돌아갈 채비에 바쁘다
밝음은 어둠을 토해내고 어둠은 밝음을 토해낸다
서로를 먹이고 서로를 키우며 한 치의 어긋남도 없이
세상은 돌아간다 그 정교한 질서 앞에서
내 마음 속 어둠쯤이야 어찌 자리를 틀고 있을까

요한복음 1:5
"빛이 어둠에 비치되 어둠이 깨닫지 못하더라."

Dawn Letter I
– Light That Grows by Feeding on Night

The breath of dawn- so clear, so still-

a chill kiss upon my waiting skin.

Even the cold feels clean.

Inhale the depth of the sky.

Exhale, the weight of dreams.

Thus, the dawn folds into me.

The moon, lone echo of another's flame,

stars once tangled in the glow of lamplight,

Now I gather skyward, hushed and hurried.

Light devours night, and night, in turn, consumes the light.

One births the other- They feed, they fall, they rise-

never missing a single beat in this delicate ballet of becoming.

And so, I ask- In the face of such exquisite rhythm,

What claim has my shadow to remain?

John 1:5

"The light shines in the darkness,

and the darkness comprehended it not."

내 마음의 정원에서

새벽편지 2
- 별빛을 씻는 숲길에서

오늘도 적막을 벗 삼아 고요한 새벽 숲길을 걷는다
벌거벗은 나목 사이로 작은 교회 불빛이
별빛처럼 아스라이 떠 있다
모든 것이 잠든 시간 나도 모르게 하늘을 바라본다

잊고 살았던 별들이 오늘은 유난히 반짝인다
초롱초롱 방울소리처럼 깜박이는 별빛
옹달샘물에 손을 담그듯 그 별빛으로 내 마음도
조용히 씻어낸다
고뇌와 세상의 욕심으로 더러워진 내 마음을…!

시편 51:10
"하나님이여 내 속에 정한 마음을 창조하시고
내 안에 정직한 영을 새롭게 하소서."

Dawn Letter II

- Where Starlight Washes Through the Trees

This morning, once more,

I walk the forest path alone, wrapped in silence,

Bare trees bowed in quiet prayer.

Between their limbs, a lamp glows faint-

soft as starlight, trembling in the hush of dawn.

The world lies still, asleep.

I lift my eyes without a thought.

Tonight, the stars- once buried in forgetting-

shine like never before.

They blink, soft as silver bells that do not ring,

But it is shimmering. And I-

like dipping hands in a secret spring-

let their light rinse through me, slowly and clearly,

until even sorrow melts from the folds of my heart.

Psalm 51:10

"Create in me a clean heart, O God,

and renew a right spirit within me."

내 마음의 정원에서

새벽편지 3
- 인연도 별빛처럼

한동안 잊고 살았던 별의 존재처럼
나와 인연을 맺었던 얼굴들이 하나 둘 떠오른다
일곱 송이 동백꽃이 북두칠성처럼 평온히 빛나고
그리운 모습들이 마음 속 밤하늘에 매달린다

새 한 마리 내 인기척에 놀라 날아오르고
숲속의 나무들이 그 새를 따라 일제히 기지개를 켠다
숨어오던 바람마저 나뭇가지 끝에서 널을 뛴다
이렇게 또 하나의 새벽을 맞이한다

창세기 15:5

"그를 이끌고 밖으로 나가 이르시되 하늘을 우러러
뭇별을 셀 수 있나 보라. 또 그에게 이르시되 네 자손이
이와 같으리라."

Dawn Letter III
– Like Starlight, So Are the Threads Between Us

Like stars forgotten in the rush of living,

old faces, once tethered to my days, begin to rise, quietly,

into the dark velvet of memory.

Seven camellias, soft-bloomed and still, shine with the calm of con-
stellations, each lantern lit by longing.

And those I've missed- they dangle now from the heart's sky, gentle
as breath.

A bird, startled by my presence, lifts into flight-

It wings a whisper across the hush.

Trees stir in unison, stretching toward morning

like prayers unfolding. Even the wind, shy and hidden,

leaps like light from branch to branch.

So, it is- another dawn that arrives, not with fanfare, but with remem-
bering.

Genesis 15:5

"He took him outside and said, 'Look toward heaven, and count

the stars, if you are able.' Then he said to him,

'So shall your offspring be.'"

내 마음의 정원에서

새벽편지 4
- 할미꽃, 그리움의 기도

밤에도 스스로를 밝히던 봄꽃들이
새벽바람에 몸을 고쳐 묶는다
멀리서 울리는 교회 종소리
기도하러 가는 노부부의 발걸음이
땅끝을 어루만진다

그 뒷모습은 마치 오래된 성경 한 장
바래진 구절처럼 고요하고 단단하다
십자가를 뒤로하고 돌아오는 길
길가에 허리 굽은 할미꽃 하나가
소리 없이 바람을 붙든다

오늘도 집 떠난 막내딸을
목 빠지게 기다리는 그 마음
그리움이 뿌리 깊은 곳에서
조금씩 조금씩 숨을 쉰다

저 멀리서 들려오는 막내딸의 웃음소리
바람에 실려오는 그 소리에
할미꽃의 굽었던 등이
한 송이 기도처럼 서서히 펴진다

그것은 봄의 기적이 아니라
그리움의 인내가 피운 조용한 기도였다

누가복음 15:20

"아직도 거리가 먼데 아버지가 그를 보고 측은히 여겨
달려가 목을 안고 입을 맞추니라."

                                                    내 마음의 정원에서

Letter IV

- Pasque Flower, A Prayer of Longing

The spring flowers, once bold enough to burn through the night,

now gather themselves in the hush of dawn's breath.

Far off, a church bell tolls.

Two elders walk toward prayer-

Their footsteps touch the earth like the last verse of a psalm.

Their backs, a weathered page of scripture,

faded but sure, quiet as truth.

On the way home, they pass beneath the cross- and there, along the

roadside, a bent Pasqua flower

clutches the wind without a sound.

Still waiting, the mother's heart holds on-

Her youngest daughter has gone far from home, and longing, deep

as root, breathes gently beneath the soil of her soul.

Then- a laugh, carried faintly on the wind.

And the curved stem straightens slowly,

as if prayer could bloom from ache.

This- not the miracle of spring,

But the quiet flowering of patient love.

Luke 15:20

"But while he was still a long way off,

His father saw him, and he ran to his son, threw his arms around

him, and kissed him."

  내 마음의 정원에서

지평선을 바라보며
- 마음의 끝자락

지평선은 멀고도 고요하다

끝내 닿을 수 없는 저 너머가
늘 내 마음의 끝자락을 당긴다
너와 나 사이의 거리도
어쩌면 그런 지평선 같았을까
닿을 듯 멀고 멀 듯 가까운
그 애틋한 거리감이
우리의 숨결을 지탱해주었지
은하수 건너 반짝이던 별빛 하나
그 조용한 위로를 가슴에 담고

나는 오늘도 저 쓸쓸한 초승달에
인연처럼 묶인 마음을 걸어본다

등나무와 달빛
- 기다림의 색

등나무 꽃이 소리 없이 지던 밤
너의 창을 오래 바라보았다
불 꺼진 그 집은
달빛만 가득 채우고 있었다
고라니 울음소리에
어느새 새벽이 물들고

서러운 내 그림자는
달빛의 손을 잡고 조용히 걸어갔다
새벽의 찬기마저
그리움으로 번지는 밤이었다

사랑은···
- 잡히지 않는 빛

사랑이란 내 마음 속 한가득 피어나는
무명의 꽃밭이다

귓가에 울리던 작은 종소리처럼
찰나의 순간을 흔들고

잡으려 하면 은하수 너머로
사라지는 별빛 같은 것

잡히지 않아도 그저 바라보며
가슴에 품는 것

그게 사랑일런지···.

저녁노을이 지고

저녁노을이 눈물겹게 스러지던 날이었다

붉은 빛으로 기우는 석양이
아침 해보다 뜨겁게 아름답다고 느끼게 된 건
그리 오래되지 않았다

기쁨 뒤에 밀려드는 묵은 슬픔과 환한 웃음 끝에 깃든
잊혀진 절망을 알게 되었던 즈음일까

담벼락 너머 숨죽인 풀꽃 하나가 목울대를 치고
길가의 잡초마저도 아프도록 찬란했다

그 모든 풍경 앞에서 나의 고요한 외로움과
덜 여문 불안을 조용히 껴안았다
해는 지고 세상은 익숙한 어둠으로 덮인다
 가로등 불빛 아래 어제의 별이 하나둘 내 안에 다시 뜬다

이제 너를 기억할 깊은 어둠의 시간이 다가왔다

사소한 일상이 시가 되어

시 모음: 삶, 사랑 - 그 잔잔한 노래

사라지는 듯 보여도 작은 물방울은 바위를 깎고
소리 없는 손끝의 반복이 하루를 꽃 피운다

한 줌의 다정한 눈빛, 따뜻한 인사,
그리고 책을 덮기 전의 숨소리
습기 머문 아침의 창처럼 조용히 삶을 적시는 것들

관심처럼 사랑처럼 결국 우리를 바꾸는 건
그 작은 익숙함이었다

작은 기적의 언덕에서

아무도 심지 않은 언덕 비밀스런 저녁마다
별빛이 내려와 뿌리를 쓰다듬던 곳
그곳에 작은 기적들이 피어났다

찢긴 흙 사이 비에 젖은 씨앗 하나
잊혀진 내 화분에서 어둠을 견디고
고요히 싹을 밀어 올렸다

봄엔 노란 숨결로 여름엔 연둣빛 바람으로
가을엔 붉고 연약한 코스모스의 언어로
이름 없는 꽃들이 자기만의 축제를 열었다

잡초와 어깨를 맞대고 햇살과 빗방울을 나누며
세상에 없는 빛깔로 조용히 피어나는 얼굴들
나는 오늘 내가 몰랐던 생명의 목소리를 듣는다

누군가의 손길이 닿지 않아도
한 점의 바람 한 줌의 흙만으로
자기 존재를 증명하는 눈부신 고독

내가 뿌리지 않은 그 씨앗이 내 마음 깊은 곳에
언젠가 꽃으로 피어나듯

모든 살아 있는 것들은 자신만의 기도와 꿈으로

아름답고 찬란하게 이 세상을 물들인다

내 그리운 친구에게
- 겨울 창가에서 쓰는 봄 편지

몸이 아프면 마음도 같이 시린 걸까
너의 소식을 듣고
내 마음에도 겨울바람이 분다

"언젠가 보자"던 약속은
이제 너무 멀게 느껴지지만
그래도 나는 봄꽃 한 바구니 가득 담아
너에게 보내고 싶다

그 꽃잎 하나하나에 건네지 못한 말들을 새기며

사랑하는 친구야,

우리의 봄은 언젠가 다시 올 거야
그때까지 조금만 더 안녕히

To My Longed-for Friend
- A Spring Letter from a Winter Window

Does the heart grow cold? When does the body ache?

Since I heard from you, Winter Wind has taken root inside me.

"Someday, we'll meet again"-

That promise feels so far away now. Still, I long to send you

a basket filled with spring, each bloom cradling the words

I never found the right moment to say.

My friend,

Spring will come again.

And until it does- just a little longer,

Stay soft, gentle well.

수필 모음: 내 기억의 정원에서

잊히지 않는 장면, 따뜻했던 손길, 그리고
다시 피어나는 이름들에 대하여.

반딧불이 된, 어느 별 이야기

김정화라는 탤런트는 90년대, 참 도회적이고 매력적인 그녀가 한 CCM(찬양가수)와 결혼한다고 해서 참 대단한 결심이다, 했었는데, 몇 년 후 남편의 암 투병 소식이 들리고, 얼마 후 완쾌되었다는 소식을 들었다. 나도 그 소식을 듣고, 참 다행이라고 생각했었다. 그러던 그녀가 케냐의 한 소녀를 후원하다가, 케냐 지역의 발전을 위해 커피콩 재배를 시작하게 되고, 그렇게 재배한 커피콩 원두를 전적으로 수입하면서 얼떨결에 시작한 커피사업이 승승장구하여, 큰 사업으로 성장했단다.

그러던 그녀가 〈불후의 명곡〉에서 내가 좋아하는 "나는 반딧불"이라는 노래를 불러 우승까지 하게 된 것이다. 하늘의 별이 아닌, 개똥벌레로 작은 빛을 내며 살아온 그녀가 합창단 아이들과 함께 부른 이 노래와 그 배경이 너무 아름답고, 감동스러워 눈물이 났다. 정말 "하늘의 별"이 이 땅에서 "개똥벌레"가 되었다는 이 노래가 정말 빛났던 것은, 결코 녹록치 않은 세파를 헤치고 당당히 살아온 그녀였기에 가능한 것이리라.

"나는 반딧불"이라는 아름답고도, 슬픈 노래의 가사를 일부 옮겨 본다.

하늘에서 떨어진 별인 줄 알았어요. 소원을 들어주는 작은 별… 몰랐어
요. 난 내가 개똥벌레라는 것을…
그래도 괜찮아 나는 빛날 테니까.

내 마음의 정원에서

딸들이 떠난 자리에서
- 조용한 오후의 체온

아이들이 떠난 집은 낯설게 조용하다. 오후 햇살이 방 안 가득 들어오고, 커튼은 바람에 부드럽게 흔들린다. 그 속에서 나는 문득 딸들의 냄새를 더듬는다. 이 방 안 어딘가, 이불 속에 파묻혀 있던 셔츠 하나. 세탁기에 넣으려다 무심코 집어든 양말 한 켤레. 그 끝에 작게 난 구멍을 보고, 나는 잠시 멈춰 선다. '이 아이, 얼마나 열심히 뛰어다녔을까.' 그런 마음이 불쑥 들어, 코끝이 뜨거워진다. 커다란 티셔츠 하나, 이젠 내게는 잠옷으로 딱 좋다. 소매는 길고 품은 헐렁하지만, 그 안에 쏙 들어온 아이의 어깨와 등이 마치 내 몸에 포개지는 듯하다. 구멍 난 양말을 슬쩍 신어 본다. 보드랍게 얇아진 천 사이로 젊은 날의 열기, 아이의 발끝에서부터 퍼지던 생기가 스며든다.

나는 새 옷도 많고, 새 양말도 여러 켤레 있지만 그 아이들이 남기고 간 이 낡은 것들엔 삶을 향해 달려가던 그 숨결이 고스란히 남아 있다. 그래서 오늘도, 나는 아이가 벗어 놓고 간 티셔츠를 걸치고, 딸들의 헌 양말을 신고, 내 작은 책상 앞에 앉는다.

텅 빈 집 안에 내 발끝의 체온 하나가 남는다. 이 작은 옷가지들이 나를 붙잡고 있는 걸까, 아니면 내가 그 옷가지들을 놓지 못하는 걸까. 가끔은 그런 생각이 든다. 그러다 이내, 이것도 엄마의 마음이라면 그냥 괜찮다고, 나 자신을 다독인다. 아이들이 떠나도 나는 여전히 그 아이들을 품고 살아간다.

"조용하게, 그리고 따뜻하게…."

Daughters' Clothes and Socks

The house is quiet now. Sunlight drapes itself across the floor-
The kind of silence that follows when children have left.
A breeze slips through, gently nudging the curtains.
In its wake, I chase the faint scent of my daughters. A shirt was once
hidden in the bedding. A pair of socks lifted absentmindedly- There's a hole.

I pause. "How hard she must have run. "How full her days must have
been. My nose stings with the thought. A tear? Maybe. The oversized
T-shirt fits me now. As pajamas, they hold me. Warm. Like an embrace.
I look in the mirror. For a breathless second, her back, her shoulders-
they slip into me. Like a memory, soft and sudden. I pull on her socks,
the ones with the little hole.

And through the thin, worn fabric, her energy, her fire, it seeps
into me. Yes, I have new clothes. Neat socks. But these? These small
remnants they left behind··· carry the breath of life. So today, again, I
wore the shirt, slipped on my socks, and sat at my little desk. Is it that
they hold me still?

Or am I the one holding on? Some days, I wonder. But if this is what
it means to have a mother's heart- Then maybe, just maybe- That's
enough. They're gone, yes. But I still carry them. Right here.

And so, my day drifts on quietly. Softly. With love.

내 마음의 정원에서

우울한 어느 연휴

아…! 독감에 걸리면 무척 고생한다는 뉴스를 보고, 걱정하던 나에게 결국, 독감이 찾아왔다.

지난 토요일에 전철 등의 대중교통을 이용하고, 식당 모임에 우리 옆 table 자리의 사람이 기침을 심하게 하더니, KF 94 마스크에도 불구하고, 요즘 유행하는 감기를 그새 나에게 옮긴 모양이다. 일요일, 월요일까진 콧물만 조금, 그러다 화요일부터는 목 안이 아프고 머리와 온몸이 지끈거린다! 연휴에 먹으려고 떡국 떡과 만두, 고기 육수와 전 몇 가지, 나물 2접시를 직접 마련했고, 평소 내가 잘 가는 식당에서 된장찌개와 생선구이를 2인분씩 준비했지만, 입맛이 뚝… 떨어져 버렸다. 할 수 없이 나는 배달 음식으로 때우고 있다.

설날 전부터 그 험한 눈길을 뚫고 집으로 배달이 되는 것이 신기하다. 혹시 몰라 비상약으로 준비해 둔, 감기약과 쌍화차와 해열제를 먹으며 견디고 있다. 언제쯤 감기가 뚝! 끊어질지, 나는 기약 없는 그날을 기다린다.

"아… 꽃이 피고 나비가 나르는 새봄이 그립다."

나의 황당한 꿈 이야기

나는 오늘 새벽에 너무도 생생한 꿈을 꾸었다.

왠지 느낌이 좋지 않아서, 하루 종일 조심하며 지냈다. 지금 남편이 출장으로 집을 비웠는데, 그 때문일까? 남편이 한국에 오면서 1달 동안 집을 비웠지만, 그 사이에 별일이 있었던 것인가?

나 혼자 밤을 맞았다. 너무 조용한 밤이었고, 밤길에 초승달 하나가 겨우 숨 죽이는 밤이었다. 누군가가 "똑똑" 문을 두드린다. "누구세요?" "저… 예요." 왠지 낯익은 음성이다. 현관문으로 나가 보았더니, 몇 명의 사람들이 같이 서서 나를 향해 환하게 웃는다. '교회 사람들인가?' 생각하며, 문을 열어 주었더니, 그 사람들이 갑자기 집안으로 들이닥치는 것이다.

흔한 얼굴들…, 익숙한 목소리…, 그러면서, 자기들끼리 뭐라고 웃고 떠든다, "누구세요?" 나는 물었지만, 그들은 대답하지 않는다. 곧 또다시 초인종이 울리는데, 나는 문을 열어 주지 않았지만, 다시 한 무리의 사람들이 현관으로 불쑥 들어온다. 그러면서, 자기들끼리 웃고 떠든다. 나는 너무 불안해져서, 경찰에 신고하려고 하는데, 내 전화기가 어디 있는지, 생각이 나질 않는다. 그중에 얼굴이 낯이 익은 사람에게 전화기를 빌려 "114"에 전화를 돌린다. 아…! 그런데, 막상 미국 집의 주소가 생각나질 않는다. 한국의 주소가 생각나고, 부산의 주소만 입에서 맴돈다.

너무 기가 막힌 와중에 계속 사람들이 이곳저곳에서 문을 열고 들어오고, 그들은 집안을 점령한 군인처럼, 우리 집 냉장고를 털어 음식을 꺼내

먹거나, 내 물건을 뒤지고, 심지어 내가 잘 배치해 놓은 집안의 가구들을 막 움직여 어지럽힌다. 나는 너무 당황해서, 아무 사람의 가방에서 전화기를 꺼내어 경찰에게 연락하려고 하지만, 나는 집 주소를 모른다. 식은 땀이 흐르고, 제일 처음, 문을 열어 준, 내 자신을 스스로 질책해 본다. 그렇게 쩔쩔매다가 꿈에서 깨어 났다.

나는 평소에 잠을 깊이 자지 못해서, 꿈을 거의 꾸지 않는다. 남편이 그렇게 어려운 시기에도 꿈이 없었는데… 오늘 새벽에 꾼 꿈으로 너무나 피곤하고, 하루 종일 기운이 없다. '미국 집에 별일이 있는가?' 혹은 '뉴욕에 사는 애들에게 별일이 있는가?' 출장 중인 남편도 '별일이 없다'라고 연락을 해 왔다.

아…! 이렇게 하루가 저물고, 하루 종일 전전 긍긍해 온 나는 피로가 급습한다. 얼마전 보이스 피싱을 당한 이후, 불안감이 늘어서인지…, 별 꿈을 다 꾸고 나는 불안해했다.

내 이야기를 쓰고 말해야만 하는 나의 입장에서, 너무 집 이야기, 우리 딸들과 남편, 엄마 이야기를 늘어놓았나? 시국이 불안해서인지, 매사에 조심스럽고, 내 자신의 언행도 돌아보게 된다.

내일 남편이 조지아 집으로 돌아가는 날이다. 그의 평안과 안위를 위해 기도드리고 있다.

공항의 이별

　며칠 후면, 구정명절이라고, 인천 국제 공항은 북적북적하다. 민족의 큰 명절인 '구정'이라고 이쁘게 단장한 인천공항에서 어머니를 배웅하려고 왔다. 미리 가족들과 해외 여행을 나가는 한국 사람들도 많았지만, 명절을 맞아 중국이나 동남아 국가에서 대거 우리나라로 여행을 온 것 같다. 인천 국제 공항은 많은 사람들로 붐비고 있는데, 저마다의 가슴 저린 사연을 안고 부지런히 떠나가고, 혹은 설렘을 지닌 채로 이곳에 도착한다!

　친정 어머니를 미국 LA의 동생네로 보내 드리고 돌아서는 내 발걸음이 왠지 서글프다. 어느새 어머니와 같이 한국에서 지낸 4달이 지나고, 이제 나 혼자 병원에 다닐 일만 남았다. 공항가방이 무거워서 올 때는 택시로 모시고 왔지만, 갈 때는 나 혼자 공항버스를 이용한다. 아직 남겨진 시간의 문을 살그머니 열고 들어가면, 또 우리에게 선물로 허락되는 365일… 우리 삶의 열기와 새로운 만남에 대해서 요즘 통 마음의 여유가 없어서 그냥 지나치게 된다!

　나는 홀로 남겨진 공항에서 다짐해 본다.

　"내일부터 다시 굳건히 일어서는 삶이 되길 소망하며…!"

　　　　　　　　　　　　　　　　　　　　내 마음의 정원에서

어느 겨울의 풍경

나는 생각지도 못한 풍경과 맞닥뜨리면, 이내 걸음을 멈추고 그 풍경을 사진이라도 찍듯이, 내 눈에 꾹 담는다.

설령, 몹시 차가운 거리를 걷는데… 가엾게도 늙은 부부가 앞서거니, 뒤서거니, 걸으며 서로를 밀어 주는 남매 같은 길. 궂은 길에서도 어깨를 나란히 붙이고 고개를 돌려 이야기를 주고 받으며 쫓기지 않는 길.

저물어 가는 늦은 해가 포근하게 흰 눈에 반사될 때 밟아도 밟아도 길 위에 남긴 무수한 사연을 덮는 길. 빠른 걸음으로 혹은 느린 걸음으로 언덕길을 오가며 집으로 목적지로 향하는 발들의 행보. 그 끝에서 피어나는 고단하지도 않고 슬프지도 않은 삶의 냄새가 묻어나는 길. 점점 펼쳐지는 하얀 건물 숲에 입춘을 훨씬 지났는데도 눈을 뒤집어쓴 나무들이 철을 벗어나려 속삭이는 다정다감한 이야기에도 귀 기울여 본다.

지하철에서 내려 밖으로 나오자 눈이 펑펑 쏟아졌다.

하얗게 폭 갇혀버린 바닥을 조심스레 걷는다. 속수무책으로 바쁜 걸음을 보내는 포장마차 안 아저씨조차도 눈에 갇혀 하얀 눈빛이다. 그곳에서 나는 한참을 못 보게 될지 모르는 풍경을 만났다. 좋아하는 풍경이야 많지만 값진 풍경 중 사람풍경이 더 많음을 말해 무엇하랴. 잘 모르는 사람들이라도 눈빛이 전하는 따뜻한 시선, 무심히 걷는 마음이 친절해 보이는 날, 바로 오늘 같은 풍경이다.

나는 기도했다. '이 혼란스러운 나라를 제발 눈보라가 말끔히 쓸어 가기를…'

나는 간절히 소망한다. 이젠, 같은 풍경 하나쯤 마음에 담아, 조금은 날 선 감정도 무디어 지지 않을까?

봄의 절기가 거꾸로 도는 것 같지만 내일은 '맑음'이다. 이렇게 눈을 맞아 보기가 언제였는지 모르겠다. 나는 잠시 걸음을 멈추고 눈을 맞고 서 있다. 오늘, 우산 안 챙기기를 잘했다는 생각이 문득, 들었다. 길가의 모든 나무들과 건물들이 눈으로 가득히 뒤덮인 날이었다. 내 마음조차도 하얗게 변해 가는 날이었다.

나의 산책 길에서…

나는 오늘도 집 앞, 한가로운 하천길을 오롯이 혼자서 걷는다. 혼자된다는 것! 내가 일부러 택한 길이 아니었던가?

이곳은 유일한 내 사색의 공간이면서 산책로다. 어느새, 새빨간 단풍나무가 거꾸로 가지를 늘어뜨리고 세상을 엿보고 있다. 나뭇가지가 거꾸로 늘어져 있는 단풍나무를 오늘 처음 보았다. 단풍들은 어제 내린 돌풍에도 까딱 안 하고, 저리도 여유를 부리는지, 이제 다가올 겨울이 두렵지도 않은가? 그 옆에는 된서리를 맞은 '비비추'가 폭삭 주저앉았다. 한여름에 보랏빛 아름다운 꽃들을 자랑하던 꽃나무인데, 예전 같으면 그냥 지나쳐 버릴 일인데도 자꾸만 계절변화에 민감해진다. 아직도 땅에서 푸른빛을 잃지 않고 억척스레 버티는 잡풀들은, 미국에서 정신없이 살아내던 내 젊은 날을 보는듯해서, 나의 가던 길을 주춤거리게 한다.

햇살이 내려앉는 호숫가에 물 비늘이 반짝인다. 제철을 만난 물오리들에 헤엄치는 모습이 씩씩해 보인다. 산책 나온 내 걸음이 점점 느려진다. 새벽녘 가슴이 답답하고 목을 조이는 듯해 잠에서 깼다. 몸살기가 있어서, 며칠 집에만 있었더니 몸과 마음이 느릿해진다. 다시 마음을 다잡고 산책로를 따라 발걸음을 부지런히 옮겨 본다. 호숫가 외진 곳에 흰 두루미 한 마리가 한쪽 발을 들고 오리들무리에서 비켜서 있다. 나홀로, 미국에서 한국으로 와서, 늘 한발 내놓고 사는 나를 보는 듯해서 마음이 안쓰럽다. 사실, 미국에서는 모든 것이 안정되고, 아이들은 다 자신의 길을 걸으며 뉴욕에서 잘 독립했다.

이제 좀 자유로워지면서, 그때부터 몸이 아파 나는 불현듯, 한국에 나와서 살면서 치료를 받고 친구들과 만남, 그리고 무엇보다도, 책을 쓰기에 한국이 더 좋았기 때문이다. 남편은 내 판단을 존중했고, 흔쾌히 그러라고 허락을 했다. 나이가 들어, 한국에 나와서 적응하기가 쉽지는 않았지만, 그래도 나는 비교적, 잘 적응했다. 내 고향이니, 곳곳에 나의 추억이 서려 있기 때문이다.

어떤 날은 친구가 놀러 와서, 같이 산책길을 걷기도 하고, 대부분은 혼자 조용히 이 길을 걷는다. 해야 할 일이 산더미처럼 쌓여 있는데도, 나는 느닷없이 간단한 차림으로 집을 나선다. 이 한적한 하천길에 오면 가슴이 확 트인다. 숨이 차서 백 미터도 못 걷던 내가, 이제는 조금씩 거리를 늘려가며 걷는다.

보통 식사를 든든히 하고, 물 한 병이면 저 멀리 전철 역까지 전체 한 바퀴는 무난하다. 나를 숨 쉬게 하는 곳이다. 별빛이 머무는 다리의 그네에 앉아 호수를 바라본다. 그래도 가끔은 낯설다. 나는 다시 홀로 별빛 다리 위를 걷는다. 호수의 가장자리에 나무들이 호수 안에 한가로이 누워 있다.

복잡해진 머릿속에서 튀어나온 기억들이 물가에 클로즈업되어 어리고, 그 기억은 내 등을 살며시 떠밀며 바람이 불어간다. 나는 다시 되돌아서서 걷는다. 제법 쌀쌀한 바람을 안고 걷는다. 바람이 앞에서 위잉, 위잉, 슬프게 울면서 지나간다. 그 바람은 나 대신 울면서 지나가는 듯도 하다.

나 대신 울어 주는 바람이 있어서, 나는 저어기 마음속에 큰 위안이 된다. 오늘 밤도 이렇게 하루가 저물었다.

　　　　　　　　　　　　　　　　내 마음의 정원에서

강가의 작은 배가 되어

사랑하는 내 딸들아.

너희는 이제 조금씩 세상을 알아가고 있을테지. 아마 네 눈에도 이 세상이 꽃으로만 덮여 있지 않다는 걸, 점점 느끼게 될 거야…! 살다 보면 기쁨도 있겠지만, 눈물과 탄식, 비바람과 천둥이 함께하는 순간도 분명 찾아올 거다. 어떤 날은 모든 것이 무겁고 낯설게 느껴질 수도 있지. 가끔은 가슴속 깊이 외로움이 자리잡고, 이유 없이 울고 싶은 날도 있을 거야. 그게 바로 사람으로 산다는 것의 일부란다.

이 세상이 꼭 정직하게 사랑을 보상해 주거나, 너희의 노력을 다 알아주는 건 아닐 거다. 그러니 힘이 들더라도, 그 모든 걸 혼자 견뎌내야 할 때가 오더라도, 잊지 말아 주었으면 해. 너희를 이 세상에 보내고, 사랑으로 길러온 이 어미의 마음이 언제나 너희 곁에 있다는 걸….

만약 내가 너희 대신 아픔을 겪을 수 있다면, 이 어미는 맨발로 가시밭을 걷는 것도 마다하지 않을 거다. 너희 발이 지칠 때, 잠시 쉴 수 있도록 내 눈물로 강이 되어줄 수도 있을 거야. 네가 어둠 속에서 길을 잃은 날엔, 멀리서 작게 빛나는 등불이 되어, 네가 돌아볼 수 있는 자리에 가만히 서 있을게.

나는 언제나 같은 자리에 있을 거란다. 세월이 흐르고, 너희가 얼마나 멀리 떠나든, 혹은 마음이 무너지는 날에도 말이야. 강가에 묶여 있는 조용한 배처럼, 너희가 돌아와 몸을 실을 수 있는 따뜻한 품이 되어 줄게.

너희를 세상에 보내고, 너희의 삶을 멀리서 바라보는 것만으로도 내겐 큰 기쁨이었단다. 너희를 만났기에, 이 어미의 삶은 충분히 아름다웠고 감사했다.

살다 보면 누구나 흔들린다. 그렇다고 사랑이 흔들리는 건 아니야. 그러니 어떤 날엔 세상이 낯설고, 외롭고, 사랑이 식은 것처럼 느껴질지라도, 그 모든 걸 감싸 안고 견뎌내며 살아가는 것이 진짜 사랑이고, 삶이란다.

너희의 인생이 항상 꽃길이지만은 않을 거야. 하지만 그 길 끝에서 너희가 미소 지을 수 있다면, 이 어미는 기꺼이 그늘이 되어도, 바람이 되어도, 이름 없는 들꽃이 되어도 괜찮단다.

내가 너희 곁에 남길 수 있는 말은 결국 하나뿐이겠지. 사랑한다. 사랑한다. 세상의 모든 말로 부족할 만큼….

- 언제나 너희 곁에, 엄마가

　　　　　　　　　　　　　　　내 마음의 정원에서

To My Daughters, from a Quiet Boat by the River

My dear daughters,

You're beginning to understand the world now, little by little.

And perhaps you've started to see-This world isn't all covered in

flowers. There will be days of joy, but there will also be moments

of tears and sighs, storms and thunder.

Some days, everything may feel heavy and strange. Sometimes,

loneliness will settle deep inside you, and you may feel like crying

without knowing why. That, too, is part of what it means to be human.

This world may not always reward your love fairly, nor recognize all the

effort you pour out.

So, when it's hard, even when you feel you must bear it all alone,

please remember. My heart, the mother who brought you into this

world with love, is always, always with you. If I could take on your

pain, I would walk barefoot through fields of thorns for you. When

your feet grow weary, let my tears become a river for you to rest beside.

If you ever lose your way in the dark, I will be a faint, distant light- a

quiet lamp you can turn to whenever you need. I will always be in the

same place, no matter how far you go, no matter how much time has passed, no matter how your heart may break.

Like a small boat quietly moored by the river, I will be a warm place, you can always return to and rest. Just watching your lives from afar, after sending you into the world-That alone has been joyful enough for me.

Because I met you, this life of mine has been beautiful and full of grace. Everyone waivers. But love-love does not waver. So even on days when the world feels cold and distant, even when you feel unloved or forgotten-

Remember: true love is what endures all of it and chooses to stay. Your life may not always be easy. But if you can smile at the end of it all, then I will gladly be the shade, the wind, or a nameless wildflower by the path. In the end, there's only one thing I can truly leave you:
I love you.
I love you-
in a way no words in this world could ever contain.

- Always by your side,
Your mother.

내 마음의 정원에서

나와 꽃 이야기

내가 꽃에 마음이 머물기 시작한 건 마흔이 훌쩍 넘어서였다.

쉰 넘어서는 타국 생활 부침에 흔들려, 꽃에 머물 마음 틈을 잃어버렸고… 간신히 숨이 쉬어지던 예순, 그 시절을 몇 년 넘어 살다 보니 다시 꽃에 마음이 머문다. 참 다행이다.

어느 꽃이라도 안 이쁠 리 없지만, 길에 아무렇게나 피어 비 내리면 비 맞고, 바람 불면 흔들리는, 내가 이름 몰라도 편한 길의 들꽃들에게 마음이 더 오래 머문다. 아마도 동병상련인가 보다.

오늘도 봄꽃들이 활짝 피어 있고, 연둣빛 새싹 틔운 나무들과 사철 푸른 나무들이 다같이 어울려 봄노래 부르는 길을 달렸다.

아무도 없는 길이 주는 봄의 행복을 듬뿍 받았다. 꽃들과 하늘, 구름이 그저 고맙기만 하다.

나의 소박하고 작은 천국에서…

'천국'이라는 거창한 단어는 종교적인 신념에서 비롯된 개념일 것이다. 불교에서는 천국 대신에 '극락'이라 한다지.

얼마 전, 불교의 스님, 천주교의 신부님과 교회 목사님, 원불교의 교목님, 이렇게 4분이서 출연하는 토크쇼를 보았다. 참 이루어지기 어려운 조합인데도, 얼마나 훈훈하고, 서로를 용납하고, 인정하는 것이 어찌나 보기에 좋은지… 자기와 다른 사람이나, 사상, 종교를 인정한다는 것이 이렇게나 아름다운 세상이 되었다.

그중에서, 가장 종교적 갈등의 하나인 '죽음 후의 세상'에 대한 이야기가 나왔다. 불교와 원불교에서는 사후세계를 믿고, 그에 따라 이 세상에서의 삶은 결국, 평가를 받게 되고, 제대로 못 살아온 사람들은 다른 삶으로 윤회하게 되고, 제대로 삶을 살아온 사람들은 극락에 가거나, 그렇지 못한 악행을 저지른 사람은 지옥에 가게 되는 이야기였다. 불교의 철저한 '권선징악설'에 기반한 이야기를 듣던 사람들은 모두 겁에 질려, 다른 종교로 가겠다며 울부짖는다. 누구라도 그렇게 하지 않을까?

그래서, 비교적 선하게 사는 사람들의 국가가 불교 국가이며, 선한 사람들도 불교도인 경우가 많았다. 그에 반해, 개신교는 가장 극악하게 재산을 모으고, 사람들을 괴롭히는 종교인으로 결과가 나왔는데, 그것은 자신만이 구원의 대상이라는 과대한 선민의식과 직업윤리를 소명으로 분류한 켈빈의 사상에서 나온 것이라 생각해 본다. 누구나가 천국이나, 극락이라는 사후세계의 안정을 원한다. 그러나 현실에서 주어진 그 삶에 따라 가는 곳이라면, 얼마나 좁은 길일까? 생각해 본다. 우스개 소리로, 어떤 사람이 천국에 가 보니, 그 숫자가 너무 적어서, 그리고 와야 할 사람들이 없어서, 또한 우리 교회의 목사님이 오시질 못해서, 깜짝 놀란다는 말이 있었다.

성경 말씀에도 나오듯이, 사람들과의 올바른 관계에서 그곳이 바로 '천국'이라는 말씀이 있다. 나의 작고 소박한 천국은 오늘도 꽃이 피고, 새가 울며, 아름다운 웃음이 피는 곳이 아닌가?

누가복음 17:21
"또 여기 있다 저기 있다고도 못하리니
하나님의 나라는 너희 안에 있느니라."

"Nor will people say, 'Here it is,' or 'There it is,'
because the kingdom of God is in your midst." (NIV)

회상 – 저녁노을을 보며

언젠가부터 해가 지는 시간이 괜히 마음에 걸리기 시작했다. 그날도 그랬다. 마치 하루를 다 태우고 남은 마지막 불씨처럼, 저만치 힘을 잃고 지는 저녁노을이 어쩌면 그렇게도 아름다울 수 있을까.

예전에는 아침이 좋았다. 무언가를 시작할 수 있다는 느낌, 새로운 계획, 바쁜 하루. 그런 게 좋았는데, 요즘은 해가 지는 하늘을 더 오래 바라보게 된다. 아마도 어느 날부터 기쁨이 다 지나간 자리에 조용히 찾아드는 쓸쓸함을 받아들이게 되었기 때문이리라.

가슴이 벅차오르는 행복의 순간 뒤에는 항상 묵직하게 따라오는 공허가 있었다는 걸 비로소 알게 된 것도, 그렇게 오래되지 않았다. 그날은 이상하게 마음이 무거워 아무 말 없이 집 앞 정원을 돌았다. 잔디 위엔 삐죽이 솟아난 잡초들이 고개를 들고 있었고, 그 사이로 이름도 모를 작은 풀꽃들이 마치 제 할 일을 다 하겠다는 듯 열심히 피어 있었다. 그 작은 생명들조차 눈물 날 만큼 아름다워 보인 건 그 순간, 내 안에 감춰져 있던 외로움이 어쩔 수 없이 얼굴을 드러냈기 때문일 것이다.

앞으로의 삶이 어떤 모양일지 모른다는 막연한 불안, 떠나보낸 사람들에 대한 그리움, 그리고 나 자신에 대한 아련한 연민이 한꺼번에 몰려왔다. 해는 금세 저만치 멀어졌고, 어느새 어둠이 익숙한 무게로 내 어깨에 내려앉았다. 가로등 하나가 주황빛으로 길을 밝히고 있었고, 그 불빛 아래 내 그림자는 더 길어져 있었다.

하늘을 올려다보니 어제 봤던 별이 다시 떠 있었다. 익숙한 별, 어쩌면 예전엔 둘이서 함께 바라봤던 별.

이제는 그 별 아래에서 혼자, 너를 기억해야 하는 시간이다. 하지만 그 모든 일들이 꼭 슬픈 일만은 아니다. 어둠 속에서 기억은 더 선명해지고, 그 기억은 나를 지탱하는 조용한 등불이 되어 주니까….

Reminiscence – While Watching the Evening Glow

Lately, sunsets have weighed on me.

That evening was no different. The sky burned soft, like the last spark of a long day, and it was strangely beautiful.

I used to love mornings- new plans, busy hours, the sense of beginning. But now, I find myself drawn to the stillness of dusk. Maybe because I've learned to live with a quiet kind of sadness that lingers where joy once stood.

That day, my heart felt heavy, So, I walked through the garden in silence. Weeds pushed through the grass,

and among them, tiny wildflowers bloomed as if doing exactly what they were meant to. Even those small lives made me tear up- not because they were fragile, but because my loneliness had quietly surfaced.

Memories, uncertainty, a soft ache for myself- They all came at once. The sun disappeared, and the familiar weight of night fell over me. Under a streetlamp's warm glow,

my shadow stretched long. And above me, the same star from last night shone alone. Now I remember you beneath that star, and strangely, it doesn't hurt as much.

In the dark, memory becomes light. And that's enough

to carry me through.

 　　　　　　　　　　　　　　　　　　　내 마음의 정원에서

사랑에 관한 소고

내가 58세였던가, 그즈음이었다.

나는 미국에서 한국에 나가 책을 출판하느라, 연일 글쓰기에 바빴었는데, 그때 내 가까이에 홀로 된 '대학 친구'가 있었다. 그녀는 그 나이에도 사랑에 대한 설렘이 있었고, 결혼에 대한 꿈도 많았다.

그러다가 그녀는 한 사람을 우연히 만나게 되어, 그들은 급속히 '사랑'에 빠졌다. 나는 사랑이라든지, 로맨스를 그다지 믿지 않았던 이성적인 사람이었지만, 그래도 내 친구는 '인연'이라면, 그 모든 것을 훌훌 털고 만날 준비가 되어 있었다.

그 후 몇 년간 그들은 정말 후회 없는 사랑을 하는 듯이 보였고, 마치 20대의 철부지 같아 보이기도 했었다. 그들에게는 마치 세상이 달리 보이는 매직, 인생의 4계절이 늘 봄날 같았다. 그러나 결국, 모든 사랑이 그러하듯이 그들에게도 추운 겨울이 다가왔다가, 그 뜨거웠고, 간절했던 모든 감정이 이내 바람으로 흩어지는 것이었다.

사랑을 끝낸 후, 그녀의 모습은 어찌나 쓸쓸하고, 황량해 보이던지, 마치 2월의 겨울바람만이 그녀의 가슴 가득히 남아 있는 듯 보였다. 그러나, 그러한 이별에도 불구하고 사랑에 대해 상처받기를 두려워 말자! 세상의 눈 따위는 가볍게 무시할 수 있는 용기가 있어야 진실한 사랑을 할 수 있으리라! 만약, 만약에, 당신에게 사랑이 찾아온다면 두려워하지 말고, 그 사랑의 길을 따라 나서라고 말해 주고 싶다.

사랑은 인생에서 정말 드물게 찾아오는 '선물 같은 축복'이기 때문이다.

내 마음의 정원에서

가장 맛있었던 라면

이번에 독감을 앓았을 때, 그나마 라면, 빵, 우유, 요플레, 쥬스로 버텼다. 아무리 좋은 음식이 많아도, 입맛에 맞지 않으니, 모두 "그림의 떡"이었다. 가만히 세상에서 가장 맛있었던 라면의 경험을 생각해 보았다.

최근, 비행기 안에서 "영화"를 보면서 먹었던 라면이다. 여 승무원에게 부탁하니, 콩나물과 북어를 조금 넣고 끓여서 깨끗한 흰 사발에 김치 조금하고 가져다주었는데, 그것이 최근에 가장 맛있었던 라면이었다.

그리고 내 생애… 가장 맛있었던 라면은 알래스카 유람선을 타고 다니다가 마지막 정착지, "알래스카"에 내렸는데… 그때가 7월이어서 좀 두툼한 옷을 입었음에도 너무 추워서 두툼한 스웨터를 한 벌 사서 입고, 근처 알래스카 시내의 한 라면집에서 먹었던 "신라면"이다. 한국 교포가 운영하는 곳이었는데, 편의점 스타일로 운영되는 곳이었다. (그때가 거의 20년 전쯤이었으니, 지금은 많이 달라졌을 것이다)

유람선에서 온갖 진수성찬이 매일매일 제공되었지만, 양식, 중식, 그리고 좀 이상한 스시 등…. 그래서 얼큰한 한식이 엄청 그리웠던 것이다.

그리고 정말 한참 지난 일이다.

내가 상도동에서 흑석동의 중학교에 다닐 때, 학교에서 40분쯤 걸어서 집으로 가야 하는데, 그때 그 중간 즈음의 고갯길에 분식집이 있었다. 라면, 떡볶이와 오뎅, 튀김 등을 팔았었다.

그때 먹었었던 계란 넣은 꼬들꼬들한 라면 맛! 아직도 가끔 입맛이 없을 때면, 그때 세상에서 제일 맛있게 먹었었던 그 "라면 맛"이 떠오르곤 한다. 그것은 '추억'이라는 잊을 수 없는 맛일 것이다.

내 마음의 정원에서

나의 힐링 음식들

나는 만두를 좋아한다. 요즘 마트에서 편하게 파는 만두가 많지만, 그런 만두는 1개도 못 먹는 편이다. 날이 갈수록 입맛이 까다로워져서, 큰일이다.

내 친구가 내가 좋아하는 만두전골집에서 '만두 전골'거리를 포장해 왔다. 얼마나 양이 많고, 속 재료가 푸짐하던지… 둘이서 먹고 나서도 남아, 다음 한 끼를 나 혼자 더 먹을 정도였다. 내가 미국 가기전에 같이 한 번 더, 먹으려고 포장을 해 온 것이다.

우리 집에서는 늘 명절과 생일에 만두를 빚어 먹었다. 원래 만두는 복을 싸서 먹는다는 뜻으로, 오래전부터 다른 나라에서도 야채나 밀가루, rice paper 등에 갖은 야채와 고기, 해물, 두부 등등을 싸서 먹어 왔다고 한다.

우리 집에서는 밀가루 반죽을 잘 만들어서 큰 상 위에 펴 놓고, 밀대로 얇게 편 다음, 큰 주전자 뚜껑으로 둥그런 만두피를 빚어 거기에 갖은 야채를 잘게 썰어 꼭 짜고, 그것을 푸짐하게 넣어 큰 만두를 빚는데, 이것이 이북식 만두다. 점심에는 밀가루를 여러 번 치댄 것을 밀대로 얇게 밀어, 칼로 얇게 썰어서 손 칼국수를 해 먹곤했다. 그 외에도 두툼한 녹두 빈대떡과 김치와 고기를 듬뿍 넣은 김치 밥 등이 우리 집안의 전통 음식이었다.

여름철 시원한 냉면도 별미였고, 정월 대보름 날, 구수한 팥죽과 함께 먹은 얼음이 동동 떠 다니는 시원한 동치미 국수도 잊지 못할 별미이다.

날씨가 갑자기 덥거나, 환절기마다, 혹은 몸이 아파서 입맛이 떨어지면,
나는 늘 그리운 어릴 적 음식으로 내 입맛을 다시 살리곤 한다. 그것은 맛
이상의 그 무엇, 바로 잊지 못할 '추억의 음식'이기 때문일 것이다.

                                                    내 마음의 정원에서

내 남편의 작은 천국

내 남편의 소망은 현직에서 은퇴 후, 자신만의 작은 정원을 아름답게 가꾸어서 매일매일, 매 철마다 다른 꽃을 보는 것이었다.

원래, 더운 곳은 딱 질색하던 나에게 죠지아는 은퇴 후, 내가 살 집으로 전혀 고려되지 않았었다. 그러나 남편의 소망이 어찌나 간절하던지, 나는 그만 남편의 뜻에 따라 이곳 조지아에 오게 되었다. 어느 날… 정말 눈 떠 보니, 나는 조지아에 살고 있는 것이었다. 전혀 내가 뜻하지 않았던 이곳의 삶에 와 보니 정말 선택을 잘했다는 생각이 들었다.

첫째로 무엇보다도 좋은 것은 남편이 이곳을 너무 좋아하는 것이다. 아직 자신을 일을 하면서, 반나절을 꽃과 정원 가꾸기에 올인하는 남편은 어느새, 얼굴이 볕에 타서, 농부처럼 되었다.

둘째는 그렇게 걱정했던 기후도 그렇게 덥지 않고 집이 쾌적해서인지, 매일 남편이 가꾸는 꽃과 나무들을 보며 나 또한 행복한 삶을 살고 있다.

셋째로, 그동안 이런저런 사정으로 교회에 잘 나가지 못하다가 이곳에 와서 좋은 교회를 만나게 되고, 그곳에서 좋은 분들과 교제하고 은혜스러운 목사님의 말씀과 우리를 반갑게 맞이하여 주시는 전도사님들, 장로님들, 집사님들, 그분들의 큰 관심 덕분으로 1년 만에 남편은 완전히 교회에 적응이 되었고 시니어 중창단, 바나바 모임, 이제 곧 일대일 멘토 교육도 한다고 한다.

그동안 교회를 떠나 있었던 만큼, 그는 뒤늦게 교회 활동과 봉사가 즐거운 모양이다. 나는 직접 봉사하거나 교회의 일을 하지는 못하지만 남편을 잘 보좌해서, 그가 아름다운 교회 봉사를 하며 주위 사람들과 잘 지내는 것을 기쁨으로 바라보고 있다.

이 모든 것이 이미 하나님께서 우리에게 마련해 주신 "작은 천국"임을 깨닫게 되었다. 꼭 죽은 후에 가는 천국이 아니라, 이 땅에서도 우리가 큰 욕심 없이 우리 힘으로 작은 천국을 꾸밀 수 있다. 네잎클로버의 큰 행운은 우리가 사는 풀밭에서 찾아보기가 힘이 들지만, 일상 속에 사소한 세잎클로버의 행복은 얼마든지 찾아볼 수 있는 것이다.

My Husband's Little Paradise

All his life, my husband's quiet longing was this: when the long chapter of work had softly closed,He might shape a small garden of his gentle kingdom, where every dawn, each passing season, A new blossom might greet his gaze like a benediction.

For me, the sun was always too fierce, And Georgia never belonged to the landscapes of my dreams. Yet his yearning was so tender, so unwavering, that one day I awoke to find my life transplanted here- not by design, but by a current I could not resist. And now, beneath unfamiliar skies, I realize I have made the right choice, drawn by his happiness as sunflowers turn to the patient's warmth of the day.

First and foremost is the sight of his joy, How he tends the soil with weathered hands, returning each evening with sun-browned skin, His eyes were as bright as a farmer after a good rain. His afternoons are given holy to the garden. the flowers, each one, bloom twice-once for him, Once for me who watches.

Second, the climate I feared has turned gentle, Or perhaps it is the contentment that has softened it. Each day, I watch the quiet miracle of his care: flowers waking, trees whispering, And my heart, too, settles into the cool hush of evening.

Third-we have found, after long wandering, a church that feels like an embrace: a pastor's voice rising like prayer, familiar hands and kind faces, elders and friends whose laughter fills the sanctuary. My husband, once shy at the threshold, is now woven into the music of the community-singing in the choir, joining in fellowship, his spirit opening, petal by petal, to grace and belonging.

And I, though quieter, am glad to walk beside him-a silent partner, tending our small joy. It has dawned on me that this, all of this is our "little heaven"-not a distant promise after all farewells, But a patch of earth made holy by love, and patient tending, and gratitude. The world is always chasing rare fortunes-a four-leaf clover among a million blades-But happiness, I have found, It is an ordinary, quiet three-leafed clover, humble and close at hand, Waiting to see.

So, in the quiet of our garden, beneath the forgiving sun, I gather my blessings-one by one, leaf by leaf-And give thanks for this life We planted it together.

봄, 꽃처럼 피어나다

나는 오랜만에 친구들을 만나러 강남으로 향했다.

오늘 서울 하늘은 미세먼지가 가득해 '나쁨' 수준이었지만, 마스크를 단단히 챙기고 길을 나섰다. 우리 집에서 강남까지는 좌석버스 한 번이면 된다. 주말의 복잡한 도심이었지만, 전용차선 덕분에 버스는 막힘없이 씽씽 달렸다. 창밖을 보니 옆 차로는 차들이 길게 줄지어 멈춰 있었다. 그 모습을 보며 이상하게도 기분이 좋았다.

강남 거리 위에 오랜 기억들이 내려앉는다. 중학교부터 대학교까지-내 젊은 날의 시간이 쌓인 곳. 미국으로 떠나기 전, 이 길 위를 얼마나 많이 걸었는지.

그때의 공기, 그때의 거리, 그때의 마음이 잔잔히 되살아난다. 기억은 여전히 이곳에서 숨 쉬고 있었다. 친구들과 던킨도너츠에서 만났다. 익숙한 커피 향이 콧등을 스치며, 미국에서의 날들을 불러냈다. 뜨거운 아메리카노 한 모금, 그리고 오래된 친구들과의 정담.

"야, 너 아직도 그 드라마 기억해?"
"내가 고백했다가 까였던 것도 여기였지."

함께 웃는 사이, 추억은 다방 커피처럼 진하게 퍼졌다.
이야기는 식을 줄 몰랐고, 마음은 천천히 따뜻해졌다.

점심으로는 인도 커리를 먹었다. 매콤하고 이국적인 향이 낯설지 않았다. 식사를 마치고는 서점에 들렀다. 서점 특유의 책 냄새와 조용한 공기는 마음을 잠시 내려놓게 했다. 거리를 다시 걷다 문득 눈이 멈춘 곳. 도심의 화분에 놓인 꽃들-진짜일까? 다가가 보니 조화였다. 그런데도 이상하게 마음이 환해졌다.

그 순간, 깨달았다. 겨울 같던 내 마음에도 언젠가 봄이 찾아오는구나. 그 봄이 진짜든, 조화든, 중요한 건 피는 일이라는 것. 시들어 있던 감정도 언젠가 다시 피어난다.

"꽃처럼 조용히, 그러나 봄처럼 환하게…!"

     내 마음의 정원에서

벡스코의 밤, 조용필을 부르다

연말의 바람이 살짝 싸늘하게 불던 12월 28일 저녁,
나는 친정어머니와 막내 이모님을 모시고 벡스코로 향했다.
"조용필 콘서트" 오래전부터 벼르던 자리였다. 나라의 시국은 어수선하고 뉴스는 늘 무겁지만, 오늘 하루만큼은 마음에 등을 켜기로 했다. 저녁 6시 시작인 공연을 앞두고, 5시 무렵 벡스코 주변은 이미 들썩이고 있었다. 대형 콘서트 장의 입구 앞, 사람들은 줄을 서고, 사진을 찍고, 웃고 있었다. 70이 넘은 원로가수를 향해 "오빠!" "형!"이라 부르며 형형색색의 응원봉을 흔드는 그들… 그 열기는 마치 잔칫집 같았다.

관객들의 얼굴을 훑어보니 50, 60대가 가장 많았다. 그보다 더 어린 세대, 부모님을 모시고 온 듯한 20대, 30대도 눈에 띄었다. 하지만 70대 이모님과 80대 어머니 또래는 거의 보이지 않았다. 그분들의 자리에, 우리가 대표로 있는 느낌이었다. 그들과 함께, 그 시절의 시간을 다시 걷기 위해. 넓은 전시장에 놓인 하얀 플라스틱 의자들. 사실, 좌석은 조금 허술했지만, 무대 위를 환히 밝히는 조명과, 떼창으로 뒤덮인 함성은 그 어떤 웅장한 공연장보다 진했다.

"THANK YOU, 조용필"

무대 뒤 대형 스크린에 떠오른 문구. 무엇이 그렇게 고마운 것일까. 어쩌면 단순히 노래를 불러 줘서가 아니라, 그 시절의 청춘과 희망을, 살아 있었던 나날들을 그대로 기억해 주어서일지도 모르겠다.

구경 온, 누군가는 말했다. "마치 부흥회 같더라." 실은 그 말이 이상하지 않았다. 조용필을 중심으로 모인 이곳은 그를 '우상'으로 기억하는 이들의 작은 예배당 같았다. 다 함께 노래하고, 박수를 치고, 일어나 춤을 추고, 마치 스무 살의 심장을 다시 꺼내든 것처럼….

나 역시 어머니 손을 잡고 내가 대학 시절에 듣던 '그 시절의 노래들'을 따라 불렀다. 조용필의 목소리는 여전히 힘이 있었다. 그의 목소리는 세월을 건너뛴 것처럼, 단단하고 깊었다. 마치 세월에 닿지 않는 어떤 감정처럼 말이다.

무대 위 노래 한 곡, 한 곡이 관객들의 기억 속에 불을 켰고, 그 불빛은 서로의 눈빛을 따라 반짝였다. 그날 밤, 벡스코는 단순한 콘서트장이 아니었다. 그곳은 기억의 거실이었고, 추억의 안방이었으며, 지금 이 순간의 뜨거운 생의 현장이었다.

밖의 세상은 시끄럽고, 좌우로 나뉘고, 논쟁과 싸움이 멈추지 않지만-그날의 벡스코 안은 따뜻했다. 노래를 따라 부르는 사람들, 손을 맞잡고 웃는 얼굴들, 그리고 가슴 깊이 되살아나는 오래된 떨림. 조용필은 무대 위에서 말없이 노래했고, 우리 모두는 무대 아래에서 말없이 살아냈다.

그렇다! 그것이면, 충분했다. 그 밤은 그렇게… 오랜 추억들 속에서 참 좋았다.

　　　　　　　　　　　　　　　내 마음의 정원에서

생활 1

내가 매일 아침에 먹는 빵, 우유, 치즈, 과일 등이 떨어졌다.

나는 화들짝 놀라며 전화기 속 "쿠팡"을 찾는다. 요즘 몸도 아프고, 추위에 게을러진 나에게 쿠팡은 내 친구, 나의 오랜 방문자인지도 제법 되었다.

"나의 시가 이세상에 무슨 보탬이 되겠냐"며… 스스로를 자책하던 '노시인'의 음성이 내 귀에 간간이 들리기도 한다. 그러나, 나는 나를 위해, 나만의 시를 쓴다. 내 자신도 위로하지 못하면서 "그게 무슨 시냐…?"라고 나는 해맑게 생각하기로 한다.

내 생활이 시가 되고, 내 삶이 노래가 되고,
나의 후회가 기도가 되는 하루. 하루를 살고 있다고,
아니, 기어이 살아내고 있다고….

생활 2

채널 619, 팝송 방송을 틀고, 나는 또 습관처럼 다 식어 빠진 커피 한 잔을 들고서 책상 앞에 앉는다. 다소 가라앉은 아침엔 흥겨운 팝송을… 나른한 오후에는 장엄한 클래식 음악을… 내 둔해진 귀에 때려 박는다. 그나마 음악을 들으면, 좀 활기가 생긴다.

내가 자던 이불 위에는 곧 미국 집에 가지고 들어갈, 봄·여름 철 옷가지가 쌓여 있고, 선물 보따리가 쌓여 있다. 나는 정리되지 않은 부시시한 머릿속을 오늘도 더듬어 가며, 내 큰 책상 위에 떡하니 놓여진, 노트북 앞에 오늘도 숙제처럼 앉는다.

나를 위로해 주는 것은 한 편의 잘 쓰여진 '시' 한 수,
어젯밤 재미있게 본 '드라마' 한 편,
그리고 맛있는 '점심' 한 끼와
나를 찾아온 친구의 '웃음소리'뿐….

"아… 나도 한때 저런 꿈을 꾸었는데…."

우리 둘째 딸보다도 어린, 어느 '젊은 시인'의 시를 부러움과 질투심으로 읽어 낸다.

생활 3

책 1차 '교정본'을 출판사에서 받았다.

분명 내 컴퓨터로 '맞춤법' 검사를 했건만, 왜 이다지도 '빨강색' 줄이 많은가? 책 디자인 팀에서는 내 책의 내용을 보고, 정성껏 만든 책 표지 '시안' 2개를 이메일로 보내왔다.

그때 내 귀에는 "딜라 엘라" 팝송 음악이 꽂히고, 그 가수는 "Why, Why…"라면서 자신의 삶을 울부짖는다. 창밖의 노오란 개나리꽃을 바라보고 있으니, 이제 그 길었던 겨울은 우리 곁을 가만히 지나가려는가….

꽃이 피는 새싹을 가만히 들여다보는, '푸른색 우산을 쓴 소녀'를 표지로 해 달라는 내 부탁이 그대로 표지에 담긴 날, 나는 가만히 생각한다.

"아…! 나는 이대로도, 이만큼으로도, 지극히 행복하다고 말이다."

생활 4

모처럼 날이 포근하다고 해서, 창문을 활짝 열고 청소를 했다.

며칠 전, 열심히 쓸고 닦았건만… 무슨 먼지가 이리 많은가? '일상의 먼지'는 먹는 것. 입는 것. 계속 배달되는 물건들과 먹는 음식들… 이 모든 것에서 발생한다.

청소를 끝내고, 앞. 뒤로 활짝 열은 창문을 닫고 보니, 오늘 미세먼지가 '나쁨'이라네.

"에휴… 하필이면, 오늘…!"

얼른 공기 청정기를 세게 틀고, 그 앞에서 티비를 본다. 오늘은 〈빨간머리 앤〉 드라마를 끝내려고 한다.

'앤'은 정말 열심히 삶을 살아낸다. 자신에게 주어진 모든 상황에서 최선을 다해 경쟁하고 사랑한다. 그녀의 삶이 오롯이 부럽게 느껴지는 환절기, 2월 말이다. 곧 봄이 오려나 보다.

거실의 서쪽 창에서 비치는 오후의 햇살이 다소 덥게 느껴진다.

   내 마음의 정원에서

생활 5

오늘은 미세먼지가 많은가 보다.

마스크와 모자로 단단히 무장을 하고 길을 나선다. 점심시간이라 좀 복잡한 맛집에서 친구와 바쁘게 점심을 먹고, 같이 하천 가를 쭈욱 걸었다.

하천 가에 쑥이랑 냉이가 거친 땅을 뚫고 돋아 나는가 보다.

할머니들 몇 분이 쪼그리고 앉아서 냉이 랑 쑥을 캐고 계신다. 하천에는 남자 큰 팔뚝만 한 검은 잉어 떼가 돌아왔다. 곧 그들만의 찬란한 산란기가 돌아오리라…!

봄의 일상 생활 속, 내 마음속의 꽃밭에서 꽃들이 만발하는 것이 좋다. 집에 돌아와, 밖에서 옷의 먼지를 탈탈~ 털었지만, 옷에서 밖에서 묻은 먼지냄새가 나는 것 같다.

그 모든 옷들을 세탁기에 넣었더니, 와! 빨래가 산더미다.

빨래를 하고, 건조대에 걸으면서 오늘 하루를 마감한다.

생활 6

좀 쌀쌀한 월요일이다.

마침 공기도 비교적 깨끗한 날… 친구와 분당 '율동 공원'에서 1시간가량 산책을 하고, 근처 중화 요리집에서 이것저것 나오는 런치 '정식요리'를 시켰다. 게살 스프에 샐러드, 유린기와 고추 잡채. 면요리와 후식으로는 아이스크림을 먹었다. 내가 곧 들어간다고 친구가 낸 특별 식인 셈이다.

봄을 기다리면서, 혹은 다가온 봄을 보려고 얼마나 많은 사람들이 나왔던지… 공원은 온통 사람들과 그들의 애완견들로 붐빈다. 그나마 주말보다는 훨씬 낫다. 잘 구경하고, 커피도 마시고, 집에 오니… 아! 허리가 아프다.

이제 미국에 가기 전에 '신경 주사'를 맞아야 한다.

그래야 미국에서 몇 달을 견디고 생활을 하니까… 집에 돌아와 티비에서 팝송을 듣는데, 슬프고도 처량한 "Donde Voy" 노래가 나온다. 이제 곧 떠나야 한다는 감상에 젖어, '이별 노래'가 특히 가슴에 다가온다.

생활 7

동태탕을 1인분 시켜 놓고, 알까지 추가하여, 2만 원에 수제비 밀가루까지 보태어 정말 잘 먹었다.

번거롭게, 생선 다듬고, 야채 다듬고, 게다가 양념까지 해야 하는데, 얼마나 편한지, 진심으로, 동태탕 사장님께 감사하다. 미세먼지가 심해서인지, 밖에 나갔다 오면 목이 아프고 얼굴과 목이 간지럽다. 미세 먼지나, 바이러스에 차츰 적응이 되야 할 터인데, 여태 나는 적응이 안 되어, 이런저런 고생을 한다.

미국에서 살아온 시간이, 이젠 한국에서 살았던 세월보다 길기 때문일까?

'내 고향'이라고 해서 늘 마음속에 그곳을 그리워하고, 그리운 누군가가 있는 것도 아닌데…, 나는 늘 허기가 지듯이 이곳을, 이곳의 음식을 그리워했다.

그러나 막상 먹어 보면 다 맵고, 짜고, 내 입맛에 맞지 않음에도, 내가 늘 먼 이국 땅에서 가슴속 깊이 그리워한 것은 무엇일까?

그것은 아마도, '추억'이란 이름의 잊히지 않을, 내 고향 땅에서의 흘러가 버린 시간일 것이다. 다시는 돌아오지 않는 내 푸르른 '청춘'일 것이다.

생활 8

오늘은 정말 하늘이 눈이 부시게 맑다. 한국에서 미국에 돌아와, 오랜만에 이렇게 파란 하늘을 보는 것 같다.

누가 보살피지도 않았건만, 미국의 집 안뜰 곳곳에는 봄꽃들이 활짝 피었다. 남편이 몇 달 만에 집에 온 것을 축하하면서, 봄꽃 한 아름을 선물로 사 왔다. 바깥 뜰에도, 집안에도 안에도 꽃으로 가득하다. 아직도 시차 때문에, 낮엔 졸리고 새벽 3, 4시에 깨어 괜히 온 집안을 배회하고 있다. 이런저런 뉴스로 들어보는 '고향의 소식'에 내내 멀리서 안타까움만 가득하다.

"모두들, 평안하신지." 안쓰러운 안부를 묻고 싶은 하루였다.

 　　　　　　　　　　　　　　내 마음의 정원에서

생활 9

나는 미국에 와서, 매일 아침에 치즈 샌드위치와 터키 햄, 올리브 몇 개와 당근쥬스 반잔, 그리고 따뜻한 커피 한 잔을 마신다. (남편은 보통, 한식으로 아침식사를 한다)

이렇게 든든한 아침식사를 마치고 나면, 우리는 집 뒤뜰로 나가 본다.

아침 공기도 맑고, 새들이 높은 소리로 지저귀는 우리 정원…. 곧 딸들이 온다고 해서, 남편은 꽃시장에 가서 봄꽃을 사다가 화분마다 가득히 심었다. 지금 화단에 피어 있는 꽃들만 해도, 꽃천지인데…

게다가 새색시마냥 수줍은 분홍의 철쭉이며, 하얗고 노란 봄꽃이 정원에 가득하다. 요 며칠, 봄비가 와서 연한 나뭇잎들은 더욱 새파랗게 자라고, 앞뜰, 정원의 꽃들은 봄색으로 더 짙어진다.

이제 이 비가 그치고 나면, 날씨는 곧 초여름으로 다가서리라…!

생활 10

어제는 한여름이 온 듯 덥더니, 오늘은 세찬 비와 함께 바람, 천둥, 번개가 추위를 몰고온다.

나는 간단히 아침을 먹고, 따뜻한 커피 한 잔을 들고서 비가 내리는 4월의 쌀쌀한 날씨 변화를 내 방 서재의 창문가에서 바라본다. 어찌나 쌀쌀한지, 넣어 두었던 스웨터를 꺼내 입었다.

내린 비는 소나무, 버드나무의 노란 꽃가루를 씻어 주고, 길의 꽃잎들도 깨끗이 쓸어간다. 정말 고마운 비다. 건조한 온 대지를 축축히 적시고, 생명을 불어넣는 위대한 자연의 푸른 물줄기….

이곳은 며칠, 여름이 온 듯 뜨거운 햇살이 내리쬐다가, 며칠은 흐리고 비가 온다. 어마어마한 높이의 큰 나무와 온갖 꽃이 가득한 푸르른 정원과 비 온 후의 맑고 청량한 공기, 나는 여기에 오니, 저절로 건강해지는 것 같다.

자연과 더불어 사는 삶이 고맙다.

생활 11

오늘은 우리 엄마가 늘 해 주시던 김치밥을 해 보았다.

먼저 김치를 채로 총총 썰고, 고기를 잘게 다져 같이 살짝 볶은 다음, 그 위에 30분가량 불린 쌀을 놓고 멸치 국물을 내어 육수를 부었다 그리고 무거운 뚜껑을 덮고 불을 중불로, 그 후 10분 후에는 약불로 바꾸어, 전체 20분을 푹 조리했다. 그리고 참기름도 잊으면 안 된다. 그래야 밥알이 탱글탱글해지기 때문이다. 20분 후 다시 5분간 뜸을 들이고, 뚜껑을 열어 밥을 골고루 섞는다. 얼마나 밥알이 탱글탱글하고, 또 육수로 국물을 내었기에 감칠맛이 있는지…?

나는 늘 내가 좋아하는 김치밥을 해 주시는 우리 엄마 생각을 하면서, 오늘 내가 만든 김치밥을 한 그릇, 퍼서 뚝딱 먹었다, 이제 남은 멸치 국물에는 점심에 칼국수를 넣어 먹을 예정이다. 늘 우리 집에서는 점심에 칼국수나 냉면을 즐겨 먹었다. 어제는 더워서 시원한 열무 김치 냉면을 먹었지만, 오늘은 날이 쌀쌀해서 뜨끈한 멸치 칼국수를 먹을 예정이다. 이렇게 음식 두 가지를 하고 나니 벌써 하루가 저물어 간다.

생활 12

오늘도 아침 해는 밝게 빛나고 나는 부시시한 얼굴로 잠자리에서 일어나 한잔의 커피를 마신다.

흰 구름이 둥둥 떠다니는 하늘에는 새들이 높고 아름다운 소리로 노래하고, 어느새 새파랗게 변해 가는 초여름의 녹음을 내 서재의 창가에서 바라본다.

봄꽃은 지고 이제 여름 꽃이 정원에 환하게 피어나는데, 나는 오늘도 조용히 혼자 이 집에서 다가올 사람을 기다리고 있다. 나 홀로 지내는 이 삶이 조금 외롭기는 하지만, 이런 때에는 수시로 책상에 앉아 많은 글을 쓰게 되고, 여러 음악을 귀 기울여 듣게 된다.

비록 혼자 먹는 음식이 맛이 없지만, 나는 또 허기에 진 내 배를 채우기 위해 음식을 꾸역꾸역 집어넣는다. 시간은 흐르고 흘러서 다시 또 우리가 만날 날이 되어 가고 있다.

(사실은… 내 남편이 뉴져지로 3박 4일의 출장을 마치고 드디어 집으로 돌아오는 날이다)

참 어중간한 나이

요즘 들어, 부쩍 느끼는 것은 내 나이가 참 어중간한 것 같다.

동네 복지관에서 할아버지, 할머니들과 줌바댄스, 에어로빅을 하기도, 롯데 문화센터에서 동네 아줌마들과 더불어 수채화. 유화. 쿠킹 클라스를 듣기도, 참 어중간한 나이라고 느낀다.

사실, 복지관에서 언뜻 마주친 그분들은 나보다 한참 위려니, 했었는데 한번은 인사를 나누고, 나이를 물어보니 거기에 모인 할아버지, 할머니들의 나이가 나랑 엇비슷하다는데, 나는 큰 충격을 받았었다.

"야야야~ 내 나이가 어때서…"라고 아내, 김자옥을 먼저 보낸 오승근씨의 트롯 노래는 요즘 들어 보면, 정말 안쓰럽고, 처량하기만 하다.

아직, "할머니는 아니라"고 굳이 생각하고 있는 나에게, 아파트 엘레베이터 안에서 만난 한 어린아이가, "할머니, 안녕하떼요?" 라면서, 나에게 배꼽 인사를 하는 어린애 옆에는 나보다 훨씬 '젊은 할머니'가 배시시 환하게 웃고 있는 것이었다!

나의 임플란트 시술기

내가 교통사고가 난 것이 50초반이었다. 그 후로, 몸이 많이 아팠지만, 그것이 노화로 진행된 것이 아니기에 그다지 상심이 되지는 않았다. 그러다가 올해 9월, 미국에서 한국에 오는 길이 유난히 힘들더니, 한국에 오자마자 잇몸이 부어 잇몸치료를 받고, 위쪽 어금니가 흔들려서, 결국 발치를 하게 되었다.

"세상에… 누구나 다 하는 임플란트가 아닌가?" 하면서, 너무 쉽게 생각했던 것이 잘못이었다. 그리고 친정 어머니가 계신 부산에 와서 "N임플란트 전문 병원"에서 임플란트를 시술했는데, 무려 1시간이나 걸리는 대수술이었다. 내가 잇몸이 약하고, 치아 뼈도 약해져서 뼈이식을 받아야 한다고 했다. 시술 받기 전, CT를 찍어 보니, 광대뼈가 큰 편이라 일부를 절개한다고 했다. 이미 후회하기는 때가 늦은 것이다. 할 수 없이 마취주사를 많이 놓고, 시술을 받았다. 엉덩이에 진통제 주사도 미리 맞았다. 큰 병원이어서, 마취과가 따로 있고, 수술실도 따로 있다. 시설이며, 의사선생님이 너무 친절하셔서 안심이 되었다.

1시간에 걸쳐 뼈이식과 임플란트 뿌리를 심는 시술을 마치고, 1주일치 항생제와 진통제, 입안 가글 약을 받아 들고 돌아왔다. 그날 오후까지는 그다지 아프지 않았다. 그런데, 밤이 다가오자, 너무 아픈 것이다. 진통제가 3시간 정도만 듣는 것 같았다. 내가 평소에 먹는 진통제를 먹어 보았지만, 전혀 듣지를 않는다. 아이들 출산 이후로 이런 고통은 처음이다. 정신이 혼미할 정도였고, 시술 받은 쪽의 뺨과 잇몸이 심하게 부어오르기 시작한다. 처방받은 진통제를 3시간 간격으로 먹고, 수면제까지 먹으며 잠을 청해 보았지만, 잠도 잘 자지 못했다. 너무 아파서 결국 다음 날, 다시 치과에 가보았다. 그렇게 붓는 사람도 있다고 하며 적외선 치료를 해 주어서, 받고 돌아왔다.

이틀 간을 죽으로 연명을 하고, 쥬스만 마시다가 3일째부터는 조금씩 통증이 가라앉아 일반식을 하였다. 1주일이 지나고 약을 끊고 나니, 거의 가라앉아 정상적인 생활을 하게 되었다. 그날이 성탄절이어서, 어머니와 이모님을 모시고 어울리지 않는 횟집에 가서 성탄절을 축하하며, 외식을 하였다. 그곳은 회도 싱싱하고, 광안리 바다가 전면에 보이는 아주 전망이 좋은 곳이어서, 어머니와 자주 가는 곳이다.

늘 허리 디스크와 심한 편두통, 소화불량까지 있는 나에게 왠만한 통증은 다 눈감고 지나칠 수 있다고 자신했건만, 웬걸…! 이번 통증은 그 차원이 달랐다. 이제부터라도, 잘 관리해서, 되도록 임플란트만은 하지 않기를… 스스로에게 다짐을 해 보았다. 결국은 이렇게 몸이 늙는다는 것, 이제부터는 노화로 인한 여러 가지 질병들을 안고 살아가야 한다는 것이 이 연말에 몹시 서글프게 다가왔던 일주일이었다.

단지 메일을 열어 보았을 뿐인데…

수많은 사람들이 보이스 피싱을 당하고, 사기전화에 걸려 들어 수천만 원, 혹은 몇 억을 잃는 것을 보면서, "에휴, 어쩌다가 그런 일에 걸려 들어서… 어리숙하기도 하지!" 나는 혀를 끌끌 차며, 말하곤 하였다. 그런데, 내가 이런 일에 연류되어 1주일 이상을 혹독하게 고생을 하는 중이다. 요즘 이가 아파서, 마트에 나가지 못하고, '쿠팡 새벽배송'을 해 보았더니, 너무 편리하고 게다가 값도 싸다. 집안의 생필품과 어머니와 내게 모든 필요한 것들을 쿠팡과 더불어 해결을 했다.

그러던 어느 날, 친애하는 '쿠팡'에서 메일이 하나 왔다. 누군가가 내 전화번호를 도용해서, 쿠팡에 물건을 오더하려고 시도했다는 것이다. 그러면서 내 전화 번호를 빨리 인증하라고 한다. 그러면서, 그들이 인증번호를 보낸 것은 내가 매일 쿠팡 회사와 연락하던 그 번호였다. 그래서 나는 별다른 의심 없이 내가 쓰는 노트북에서 인증번호를 누르고, 지나쳤다. 그런데 다시 와서, 그 화면을 켜 보니, 이상한 오류가 나 있다. 쿠팡에 전화로 문의한 결과, 그들은 아무런 메일을 보낸 적이 없다고 하였다. "앗!!! 이게 바로 이메일 해킹이구나!" 내 눈앞이 노랗다. 이가 아파서, 아직도 독한 진통제를 먹어서인지 당시에 뭔가를 잘못 판단한 것이다.

그때부터 너무나 바쁘고 골치 아픈 나날이 계속되었다. 먼저, 내가 모든 거래를 온라인 뱅킹으로 하기에 급히 은행의 목돈은 모두 어머니의 계좌로 옮기고, 전화로 은행의 모든 거래 정지를 신청하고, 자동이체로 걸어 놓은 모든 계좌에는 어머니의 구좌에서 송금을 해 주었다. 특히 연말이어

내 마음의 정원에서

서, 나가는 것들도 너무 많다. 그리고 내 이름으로 들어와야 하는 목돈들이 있기에 할 수 없이 근처의 은행에서 구좌를 하나 개설했다. 그리고 일주일간 유심히 살펴보았지만, 별다른 움직임이 없었다. 그래서, 그전에 자동이체 걸어 놓은 것들을 해지하고, 새 은행으로 자동이체를 신청하던 중에 "앗!!! 이제 뭐지?" 그 계좌에 내가 신청하지도 않은 것들이 몇 개가 보인다. 그들이 그때 들어와서, 내 구좌에 '스파이웨어'를 심어 놓은 것 같다. 그래서 급히 은행에 가서, 그것들을 해지하고 삼성 서비스 센터에서 폰을 초기화시키고, 그래도 안심이 안 되어서, 폰을 새것으로 바꾸었다. 전화기 직원이 말하길, 어느 남자분도 이렇게 당해서, 몇천만 원을 졸지에 잃어버리셨단다.

아직까지 별일은 없다, 그러나 계속 노심초사하고 있다. 친애하는 '쿠팡'과도 당분간 거래를 끊었었지만, 이제 마트에서 배달을 시키는 번거로움에 지쳐서, 할 수 없이 다시 '새벽배송' 주문을 시작했다. 서서히 일상으로 돌아가고 있지만, 아직도 모든 것이 미심쩍은 요즈음이다.

나의 병원 방문기

내가 2011년 교통사고로 돌출된 디스크를 "레이저 시술"로 잘라내고, 그후, 그럭저럭 5년은 편안히 지냈었다.

그러다 5년이 지나자, 다시 아파와서 매년 가을철에 신경외과에서 "신경 차단술"로 2-3번씩 주사를 맞아 가며, 또 몇년간 그럭저럭 지냈었지만, 최근에 다시 X Rey를 찍어 보니, "척추 전방 전위증"이란다.

강남에 사는 친구에게 추천을 받은 유명한 강남의 척추 병원을 찾아 MRI와 기타 사진을 찍어 보았고, 의사 선생님께서 아직 수술할 단계는 아니라고 하여, 그 부위에 주사를 여러 대 맞고 약을 지어 왔다. 이렇게 1달을 지낸 후에, 다시 방문하여 수술 여부를 판단한다고 한다. 이 수술은 빗나간 척추뼈를 나사로 고정하는 큰 수술이다.

나는 현재, 위쪽 임플란트의 뿌리를 심었고, 또 아래쪽 치아도 심상치 않아서 다시 치과에 가서 신경 치료를 받아야 한다. 모쪼록 이 1달간, 재활 훈련과 치과 치료를 잘 받아 큰 수술만은 비켜 가기를… 간절히 바라는 마음이다.

잘 싸우고, 잘 물러나기

요즘 나는 〈현역 가왕2〉, 〈미스터 트롯3〉 이라는 트롯 오디션 프로그램을 보고 있다. 세상에… 이렇게 감동스러운 드라마가 또 있을까? 누구나 대결에서는 상대방을 이기기를 원하고, 특히 요즘같이 경기가 어려울 때에는 더더욱 절실하게 그 명예가 간절할 것이다. 그들의 대결을 보고 있으면, 나는 늘 눈물이 난다!

오히려 이긴 사람의 기쁨보다, 진 자의 쓰라림이 더 가슴 아프게 다가온다. 대결에서 패한 후, 마지막으로 "한마디 소감"을 남기는데… 그 한마디에서 그 사람의 모든 것을 알게 된다. 최선을 다해 경쟁하고, 그러나 패했을 때 상대방을 진심으로 응원하며 떠나는, 그 패자의 모습에서 승자의 여유마저 느껴진다.

"비록 대결에서는 패했지만, 그들의 인생은 부디 향기로운 꽃길이기를…."

나는 그들이 떠나는 그 길 앞에 온갖 아름답고, 향기로운 꽃들을 가득히 뿌려 주고 싶었다.

내 인생의 벌목

새벽 6시, 아직 밖은 어둡다.

요즘 썸머 타임으로, 실제는 5시. 깜깜한 새벽이다. "부릉~ 부릉~" 요란한 소리가 나서 내다보니, 잔디와 나무 조경을 해 주는 사람들이, 새벽부터 옆집에 몰려왔다. 보통 그들은 늦은 오후에 오는 게 정상이다. 큰 트럭과 높은 사다리 차 등이 왔고, 나무 베는 기술자들이 옆집의 큰 나무에 줄을 걸고 큰 소나무를 베기 시작했다. 나는 처음 보는 큰 구경거리가 생겨서 아침식사를 급히 하고, 커피 한 잔을 들고서 계속 밖을 유심히 관찰한다.

이윽고…

큰 소나무가 옆으로 쓰러지는 절묘한 순간에 사진을 찍은 내 자신을 칭찬하고 싶다. 옆집은 큰 나무들이 중구난방으로 심어져 있어서 사실, 우리 집에서 볼 때, 좀 보기가 싫었고, 우리집과 맞닿은 뒤뜰에는 지난 겨울에 죽은 나무도 꽤 있었다. 그런데, 오늘 앞뜰의 큰 나무 2그루를 베어 내고, 뒤뜰의 죽은 나무와 큰 나무의 잔가지들을 다 정리하는 것이다.

그렇다.

우리네 인생에도 이렇게 벌목을 해야 할 때가 온다. 늘 어디선가 불어온 바람이 정원의 빈틈에 씨를 뿌리고, 거기에 싹이 나서 잔 나무들과 온갖 꽃들이 만발한다. 그러나 어느새 그 나무들을 다 내버려 두면 우리 삶은

　　　　　　　　　　　　　　　　내 마음의 정원에서

정원의 나무들처럼, 중구난방으로 뻗어 손쓰기도 전에 엉망이 되기도 한다. 그래서 큰 나무의 멋대로 자란 가지나, 큰 나무를 결국에는 잘라내는 아프고 돈도 많이 들지만, 과감한 벌목을 해야 하는 것이다.

아직도 큰 나무들은 자신만의 푸른 옷을 입지 못했다. 아마 초 여름이 되어야 완성되는 옷이다. 듬성듬성한 싸릿문 아래에서도 봄 꽃들은 소리도 없이 피고, 새들이 화들짝 놀라며 날아오르는….

"그 봄이 결국… 오고야 만 것이다."

뛰어야 산다!

얼마전, 〈뛰어야 산다〉라는 티비 프로그램을 보았다.
과연, 무엇이 그들에게 힘든 마라톤에 도전하게 하는 걸까?

특히, 선행 마라톤 주자, 션(가수)와 이영표(축구선수) 등의 멘토들과
사회 각 분야의 방송인들이 뛰기를 결심하고 마라톤 풀코스에 도전한다.
생전, 뛰기는커녕 잘 걷지도 않던 사람들의 달리기는 정말 큰 도전일 것
이다. 그럼에도 그들은 뛰어야 산다는 것을 뼈저리게 느끼고 잇엇다.

특히 감동스러운 것은, 같이 옆에서 뛰어 주는 친구가 정말 필요하다는
것이다. 그들과 같이 도전하신 일반인, 89세의 할아버지 러너께서 여러
명의 초보 선수들에게 "정말 좋은 귀감"이 되어 주셨다.

당신의 삶에서, 당신을 격려하고 응원해 주면서 긴 마라톤 코스를 같이
끝까지 뛰어 줄, 그 한 사람의 귀한 친구가 있는가?

봄, 나비의 꿈

"어느 날 호랑 애벌레는 먹는 일을 멈추고 생각했습니다.
'그저 먹고 자라는 것만이 삶의 전부는 아닐 거야. 이런 삶과는 다른 무
언가가 있을 게 분명해. 그저 먹고 자라기만 하는 건 따분해.' 호랑 애벌
레는 그 이상의 것을 찾고 있었습니다."

트리나 폴로스의 《꽃들에게 희망을》이라는 책은 아마, 글을 읽을 줄 아
는 애벌레라면 누구나 알 법한 그 책을 당신도 아마 어렴풋이 기억할 것
이다.

연일 따사롭던 햇살이 거짓말처럼 얼어붙더니, 눈꽃 세상이 순식간에
펼쳐졌다. 폭설이 휘몰아친 후 며칠째, 나뭇가지마다 대롱대롱 매달린 눈
꽃들. 한겨울에 피어난 꽃이란 참 기이한 아름다움이다. 그런데 꽃은 피
었는데 나비는 보이지 않는다. 어딘가 사람 손톱만 한 고치 속에서 봄꿈
을 꾸고 있겠지.

그래, 나비를 쫓지 말라는 말을 오래전에 들었다.

정원을 잘 가꾸면, 나비는 스스로 찾아온다던 그 말을 믿고
도회지를 등지고 자연을 벗 삼아 지냈다. 그러다 보니,
나도 모르는 사이 나비들의 모꼬지에 초대되어 한 가족처럼 어울렸다.
나비는 하도 먹는 게 작아서, 속을 비우고 또 비우며 하늘을 난다. 욕심이
란 걸 모르는 생명. '나'를 비워야 나비가 되는 건지도 모른다. 또한 나비는
꽃가루를 뒤집어쓰며 저도 모르는 사이 꽃들의 씨앗을 옮긴다.

멀찍이서 꽃으로 서서히 번져가는 일, 나비는 그저 가볍게 머물 뿐인데 세상은 그로 인해 무장무장 번져 간다. 가만 생각해보면 지금 이 차가운 겨울 속에서도 어딘가에서는, 나뭇가지가 새 움을 틔우고 있을 것이다.

고치 속에서 세상을 모른 체 있던 나비도 곧 훨훨 날아오를 테지. 그렇게 봄은 우리도 모르게 성큼 다가오고 있는 것이다.

새의 울음소리에 관하여…

오늘, '새의 울음'에 관한 오랜 연구의 결과에 대하여 재미있는 '다큐멘터리' 방송을 티비의 교육방송 채널에서 보았다.

독일의 '나이팅게일 새'와 영국의 '박새와 찌르레기', 그리고 호주의 '큰 거문고 새'에 관한 연구였다. 그 울음을 살펴보니, 모두 수컷들이 암컷에게 구애를 하기 위해, 여러 가지 아름다운 울음소리를 개발하고, 가장 아름다운 울음소리를 낸 수컷은 암컷의 마음을 얻어, 결국 "짝짓기"에 성공한다. 이상하게도 가장 아름다운 울음소리를 내는 수컷은 먹이를 가장 많이 구해 와서, 암컷과 새끼들에게 가져다주는 것으로 알려졌단다. 아마 머리가 좋은 새가 아름답게 우는 법을 터득하고, 먹이도 잘 구해 오는 듯하다. 암컷은 아름다운 소리를 구별해 내는 '미적 감각'을 지녔다고 한다.

호주의 '큰 거문고새'는 가장 오래 된 새의 조상으로, 무려 200여 가지의 울음 소리를 내는데, 아마 앵무새가 모든 소리를 흉내 내듯… 그 새도 그렇게 하며 암컷의 마음을 얻는단다. 그 새는 카메라의 "찰칵" 소리, 자동차의 "빵 빵" 소리와 앰블란스의 "앵 앵" 소리조차 비슷하게 흉내를 내는 것이다. 참으로 신비한 자연의 이치이다. 새에게 그렇게 다양한 울음소리가 있다는 것과 그 소리를 여러가지로 개발하고 연구하는 수컷 새들의 노력이 참으로 가상하다는 생각이 들었다. 앞으로는 숲이나, 길에서 우는 새들의 노래 소리를 그냥 지나쳐 듣지 말고, 아름다운 새의 노래, 그리고 그 속에 깃들인 새들의 노력조차 알아봐 줘야겠다.

가을비

가을에 내리는 비는 어쩐지 쓸쓸함이 깊이 밴 옥양목 색이다. 둥지를 만들지 않는 뻐꾸기는 이미 둥지를 떠난 지 오래고 온기마저도 식어 버린 오목눈이 둥지엔 매정함과 불쌍함에 내 마음이 저미듯이 아파 온다. 쓸쓸함이 깃들어 있는 가을비가 추적추적 내리고 있다. 저 가을은 열정이 식어가는 색 바랜 수채화이다. 앵콜을 거듭하던 매미의 울음소리는 이제 더이상 들을 수가 없다. 빗속의 가로등 불빛도 빛 잃은 백열등처럼 쓸쓸하다.

가을비 내리면 어쩐지 쓸쓸하다. 찬 서리 내리는 이른 봄 꽃을 피우고 싹을 키워, 한여름 스스로의 정열을 파랗게 사르고, 고운 색동옷으로 갈아입는 가을은 풍요의 상징이다. 봄은 태동의 상징이고 여름은 인고의 계절이고 가을은 겸손과 풍요를 가르치고, 겨울은 쉼과 준비의 계절이다.

제 할 일을 다하고 하늘에 뜻에 따라, 앞으로 닥쳐올 겨울 준비로 숲은 형형색색 이불을 짓느라고, 손톱 밑이 검게 피멍이 든다. 어쩌면 지금 내리는 비는 눈 내리는 겨울을 준비하기엔 없어서는 아니될 소중한 것이다. 계절은 솜을 타서 이불을 만들듯 낙엽을 타서 이불을 짓는다.

이 세상에 불필요한 것은 단 하나도 없다.

모두가 다 맞물려 살아가는 공존의 귀한 존재들이다. 쓸쓸한 가을비도 우리 모두 사랑하자. 천상으로 다리를 놓는 십자가의 불빛이 유난히 붉다. 하느님은 화해와 용서를 가르치시고, 스스로 자신을 낮추어 이 세상에 오셨다지.

이렇게 가을비 내리는 밤, 홀로 쓸쓸한 빗소리를 듣는다.

저 멀리서 새벽을 가르는 기차 소리가 들린다. 이 기차를 타고, 떠나가는 가을을 배웅하고 싶은 마음이 들었다.

다산 초당을 걸으며…

어릴 적, 펌프질로 물을 길어 올리던 기억이 있다. 거기엔 '마중물'이라는 게 있었다. 먼저 한 바가지 물을 윗구멍에 붓고, 성실하게 손잡이를 뽑아대면 땅속 깊은 곳에서 물이 마중 나오곤 했다. 한참을 펌프질하면 손끝으로 낭창하게 전해지는 그 물의 무게, 그 묵직한 감촉을 나는 잊을 수 없다.

슬픔에도 그런 마중물이 있지 않을까. 누군가 먼저 깊은 슬픔의 샘으로 몸을 던져 우리 모두를 구원해 낸 사람, 먼저 굵은 눈물을 흘려 세상의 아픔을 견뎌낸 이들이 우리 곁에 조용히 서 있다.

남녘의 아담한 교회를 뒤로 하고 다산 초당으로 향하는 길.

차창 밖으로 펼쳐진 바닷가와 갯벌이 숨 막히도록 시원하게 다가온다. 그 광활한 풍경 앞에서 당장이라도 차를 세우고 물살을 가르며 뛰어들고 싶었지만, 오늘은 다산 정약용을 만나러 가는 길이다. 마음은 바다를 품고도, 고요히 눌러앉는다.

마을 입구에서 초당까지는 그리 길지 않은 오르막길.

길 양옆으로는 오래된 소나무와 대나무가 오랜 시간 속삭여온 듯, 우리를 반긴다. 발아래 펼쳐진 흙길엔 세월을 머금은 나무 뿌리들이 자연스레 계단을 이루고 있었다. 누군가 만든 것이 아닌, 그저 시간이 빚은 길이었다.

정호승 시인의 〈뿌리의 길〉이 문득 떠오른다.

"지상에 드러낸 소나무의 뿌리를
무심코 힘껏 밟고 가다가 알았다.
지하에 있는 뿌리가 더러는 슬픔 가운데
눈물을 달고 지상으로 힘껏 뿌리를 뻗는다는 것을…"

그렇다. 땅 아래 숨어 있는 것들이야말로 진짜 강하고 깊은 것들이다.
보이지 않는 슬픔이, 조용히 제 길을 뻗어
끝내는 이 세상을 지탱하고 있었다.
다산 초당을 향한 짧은 산길. 한 걸음, 한 걸음이 마치
그 오래된 뿌리들과 대화를 나누는 듯했다.

침묵 속에서도 소리 없는 울림이 발끝에서, 가슴속에서
서서히 번져왔다.

산중 일기

산은 멀리서 바라보아야만 산의 아름다움을 볼 수 있고 숲길은 걸어 보아야만 그 맛을 느낄 수 있다.

엊그제 내린 눈으로 하얗게 능선 따라 음양으로 수놓은 산이 참으로 눈부시게 아름답다. 雪國의 세상이다. 반짝 맑은 날씨로 햇살에 눈이 녹을세라 조급한 마음에 서둘러 산을 찾았다. 산이 좋아 산을 오르다 보면 앙금으로 얼룩진 마음도 순해진다. 조급함으로 뾰죽해진 마음도 누그러져 한결 여유로워지고, 살기등등한 경쟁도 숲속에서 잠시나마 탈출해 마음이 평온해진다.

햇살이 쉬어 가는 양지 쪽엔 벌써 눈이 녹아 수북이 쌓인 낙엽 틈새로 숨어들기 바쁘다.

산새들도 햇살이 널뛰기하는 나무 끝에 앉아 평화로운 쉼을 즐긴다. 산 초입에 들어서니 산을 좋아하는 사람들의 행렬이 길 따라 부지런히 움직인다. 햇살에 녹아내린 눈이 물이 되어 어디를 그리 바삐 가는지 골짜기를 향해 줄달음치다 좁은 숲길 모퉁이에서 숨을 돌린다. 발 밑으로 전해 오는 촉촉이 젖은 흙의 감촉이 스폰지처럼 부드럽다. 이렇게 숲은 칼 바람 부는 차가운 겨울 추위 속에서도 봄을 잉태하고 있음이다.

낙엽 쌓인 좁은 외갈래 길을 걷다 보니 나무뿌리들이 서로 가슴을 부여잡고 기어 다닌다. 여름 장마에 떠내려 가지 않기 위해서, 사나운 태풍에

110

넘어지지 않으려 서로 부둥켜안은 모습에서 나눔과 더불어 삶의 진리를 본다. 산 정상을 향해 올라갈수록 발밑에 밟히는 눈이 점점 깊어지고 뽀드득 소리가 경쾌하다. 소나무 위에 철퍼덕 마음 내려놓고 앉아, 낮잠을 청하는 눈도 바늘 같은 솔잎을 타고 방울방울 흐른다.

나는 사람들이 뜸한 길을 찾아 샛길로 길을 잡았다. 오가는 사람들도 거의 보이지 않는 한산한 길이어서 여유로 멋을 부리기에는 안성맞춤이다. 앞산이 햇빛을 가려 눈도 훨씬 많이 쌓여 발목까지 빠지니 겨울 정취를 느끼기엔 더없이 좋다. 푸르게 티 없이 맑은 감(玄)색 하늘에 구름 한 점 떠 가는 사이로 솔개 한 쌍이 한가로이 떠가고. 작은 멧새는 불안함에 숨기 바쁘다.

저 멀리에서는 '부도탑'이 질서정연하게 눈 속에 묻혀 고요히 숨을 쉰다. 어미 목탁새가 산속의 정적을 깬다. 내 머리 위에는 백설기 같은 하얀 눈이 소담스레 내리고 있었다.

기후변화

이전에 동부 뉴욕에 살 때는 한국과 비교적 비슷한 날씨여서 너무 다행스러웠다. 추운 겨울이 지난 다음에 찾아오는 선물 같은 봄, 그후에 찌는 듯한 더위가 오고 (특히 바다를 끼고 있는 도시여서, 후덥지근함 또한 한국과 비슷하다) 그 여름 뒤에 오는 가을은 그야말로 천국과 같은 아름다운 계절이었다.

30여 년을 정들었던 그곳을 떠날 때, 마치 어릴 적 정든 고향을 등지고 떠날 때처럼 내 마음이 아렸었다. 과연, 여태 살아 보지 않았던 미국 남부는 어떨 것인가?

처음 이곳에 왔을 때가 생각난다.

5월 말인데 벌써 여름이었다. 요즘은 이곳의 날씨가 좋다. 며칠은 여름 같다가, 나머지 며칠은 시원하고 비가 오거나 흐리다. 비와 바람 부는 날씨를 좋아하는 나로서는 폭풍우처럼 내리는 비, 나뭇가지를 흔드는 세찬 바람소리를 사랑한다. 오늘은 날이 흐리고 아침, 저녁엔 몹시 쌀쌀하다. 따뜻한 커피 한 잔과 봄철 스웨터를 입고 창밖의 풍경을 막연히 바라본다.

창밖에는 어느새, 온갖 화려한 꽃이 피던 봄이 아스라이 내 곁을 스치며 지나가고 있었다.

    내 마음의 정원에서

나도 지란지교를 꿈꾼다

나이가 든다는 것은 감정의 온도를 천천히 낮추는 일이면서, 마음을 조금씩 더 깊게 가라앉히는 일이기도 하다. 젊은 날의 사랑은 종종 뜨겁고도 눈부셨지만, 어느 순간부터는 그 열기에 지치기도 했다. 우리는 이제, 무언가를 '지켜간다'는 말이 '사랑한다'는 말보다 더 아름답다는 걸 안다.

나는 요즘, 유안진 교수님의 수필을 다시 꺼내어 읽는다.

《지란지교를 꿈꾸며》 속, 한 줌 햇살처럼 따뜻한 사람들, 반가운 차 한 잔과 조용한 대화가 얼마나 깊은 위로가 되는지… 이제야 뼈저리게 느낀다.

우정은 격렬하지 않지만 오래 간다. 향기롭고, 고요하며, 나를 있는 그대로 쉬게 한다. 그들은 날 꾸미지 않아도 받아들여 주고, 말하지 않아도 마음을 알아차린다.

그런 사람이 있다는 건, 인생에 더 바랄 게 없다는 뜻이 아닐까. 이제 나는 누군가를 '사랑한다'기보다, '함께 걷는다'는 말이 더 좋아졌다.

길 위에서 스치는 바람처럼, 시들지 않는 우정이 내 곁에 머무르기를 바란다. 6월의 햇살 속에 피어난 꽃향기처럼, 그리움도, 다정함도 한 번쯤 머물다 가는 계절처럼 머무르기를…. "지란지교", 나는 오늘도 그 조용한 이름 하나를 가슴에 품는다.

삶, 사랑의 상처들

가끔은 길을 걷는다는 것이 아무 말 없이 내미는 생의 질문처럼 느껴진다. 햇살 아래 피어 있던 잔잔한 고요에도 돌뿌리는 있다. 그건 누구의 잘못도 아니었다. 그저 거기 있었을 뿐인데 우리는 넘어진다.

무릎에 맺힌 붉은 피와 흙을 보며 스스로를 탓하고 왜 그랬을까, 아니, 왜 나였을까 되뇌인다. 그러나 삶은, 그렇게 넘어질 수밖에 없는 구조를 은밀히 짜 두고 그 속에서 피어나는 꽃의 색을 유난히도 진하게 만든다.

지나간 상처 위에 시간은 천천히, 그러나 확실히 햇빛 한 줌을 떨어뜨린다. 그곳에서 새가 날아들고 이름 모를 꽃이 피어난다.

사랑하는 그대들이여-

지난 상처를 두려워하지 말자. 그럼에도 사랑하기를 멈추지 말자. 그것이 메마른 사막 속에서도 꽃을 피우는 유일한 기적이니까. 아픔은 우리를 무너뜨리는 것이 아니라, 우리 안의 가장 깊은 아름다움을 끌어올리는 통로다. 그러니 오늘도 나는, 넘어질 것을 알면서도 걷는다.

비틀거릴지라도, 그 길 위에서 내 영혼이 꽃처럼 피어날 것을 믿기에….

6월, 그리운 추억 하나

6월은 하늘이 점차적으로 낮아지는 계절이다. 눈을 들면 푸른 숨결이 손끝에 스치고, 바람은 뜨겁지도 차갑지도 않은 채, 달빛처럼 은은하게 내 어깨를 어루만진다. 햇살은 서서히 그 빛을 누이고, 나뭇잎은 서로의 몸을 스쳐 부드러운 노래를 낸다. 그 모든 풍경은 말없이 속삭인다. "오늘은, 너를 쉬어도 괜찮다"라고 말이다. 하늘은 단순한 풍경이 아니다. 그건 마음을 닮은 거울이다. 맑은 날이면 나도 괜히 기분이 좋고, 구름 낀 하늘을 보면 내 안의 무게가 느껴진다.

6월의 하늘은 특히 그렇다. 화려하지도 않고, 벅차지도 않고, 그저 묵묵히, 그러면서도 다정하게 우리의 일상을 감싸 주는 느낌이다.

이런 날에는 작은 추억 하나가 생각난다. 어릴 적 외할머니 댁 마당에서 보던 하늘…. 시골길 끝자락, 감나무 그늘 아래 놓인 나무 의자에 앉아 커다란 수박을 쪼개던 주름진 외할머니의 손, 유난히 빨갛게 익은 수박의 그 달콤한 기억…. 그리고 그 옆에서 하늘을 올려다보며 학교에서 배운 동요를 불렀던 나….

그래서 나는 오늘도 푸른 하늘을 본다. 일상의 틈새에서 겨우 드러난 하늘 한 조각일지라도, 그건 내 마음에 놓인 창문 같아서, 그곳을 통해 나는 다시 숨을 쉰다. 가끔은 아무 일도 하지 않기로 결심한다. 가끔은 내게 아무것도 요구하지 않기로 한다. 하루쯤은, 그저 하늘을 바라보며 멍하니 있는 것도 충분히 '살아 있는 일'일 수 있다는 것을, 그 하늘이 조용히 가르쳐 주니까.

시간은 계속 흐르겠지만, 나는 멈추어 서서 하늘을 본다. 그 순간만큼은, 존재 그 자체로 충분한 내가 된다.

하늘만큼 내 마음이 푸르러진다.

내 마음의 정원에서

A June Reminiscence

June descends- The sky lowering itself, blue as a sigh,

brushing the hush of my fingertips. The wind, neither fierce nor

timid, touches my shoulders with the tenderness of moonlight.

Sunlight lingers, growing languid and golden, leaves, in gentle

secrecy, sing to each other with silken breath. In all of it,

The quiet chorus of afternoon murmurs to me:

"Today, you may rest, just as you are."

The sky, more than a mere horizon- a mirror for the heart's weather,

clear days lifting me for no reason at all, clouds drawing out a sweet,

unspoken ache.

June's sky is most honest in its silence- neither dazzling nor desperate,

simply steadfast, and softly enfolding

The slow unfolding of ordinary days. It is on such afternoons

That memory arrives without warning:

My childhood, the old country yard at my grandmother's house,

a worn wooden bench beneath the persimmon's shade,

her hands, lined and patient,

splitting open a watermelon,

red and luminous as summer's laughter.

I remember gazing upward,

singing a schoolyard song to the sky.

Even now, a sliver of blue seen between the cracks of daily life

is enough-a window flung open in my heart,

Through which I learn how to breathe. Sometimes I resolve to do

nothing, to ask nothing of myself.

To simply be, to watch the sky drift overhead-

for a day, for a moment- That, too, is life.

And the sky, with quiet wisdom, reminds me so.

Though time keeps flowing onward,

I allow myself to pause,

to look up, to belong to the sky.

In that stillness, I am wholly enough.

My heart, gentle and blue-

softens, and grows light as the June sky.

내 마음의 정원에서

소설모음집

그 여름,
붉은 꽃과 나
에세이 소설집
김윤미

● 프롤로그

그날도 여느 여름과 다르지 않았다.

뜨겁게 내리쬐는 해, 하늘을 찌를 듯 피어난 붉은 능소화, 그리고 느릿한 시간의 숨결. 하지만 그날 이후, 모든 것은 아주 조금씩 어긋나기 시작했다.

아버지가 떠난 건, 무언가가 무너진 순간이 아니라, 오히려 세상이 너무 고요해서 이상할 정도였다. 모든 침묵은 곧 익숙함이 되었고, 익숙함은 이내 굳은살처럼 마음에 박혔다.

어린 나는 아직 아무것도 몰랐다. 세상이 이렇게까지 무정할 수 있다는 것도, 그리고 시간이 지나면 그 무정함조차도 이해하게 된다는 것도….

나는 그 여름을 지나, 수없이 많은 계절을 돌아 여기까지 왔다.

이야기는 그때부터 시작된다.

나의 기억은 낡아가지만, 그 여름은 여전히 내 마음 깊은 곳에서 붉은 핏자국처럼 선명하다.

그리고 나는, 오늘 그 여름의 나와 다시 마주하려 한다.

● **1부 우리가 마주한 어둠**

소설모음집

뉘엿뉘엿 해가 산등성이 너머로 미끄러지듯 사라지고, 고요한 저녁빛이 논둑과 마을 지붕들을 붉게 적셔 갈 무렵이었다. 바람 끝에 이상한 기척이 실려왔다. 그건 소리라기보다 분위기였다. 어떤 말을 하기도 전에 모두가 느끼는 기이한 정적. 그리고 마당 건너 대문 앞에 한 사람이 서 있었다.

"어… 거기, 혹시 이 집 어르신 오늘 아침 논에 나가셨습니까?"

그 남자의 목소리는 젖은 흙 같았다. 촉촉하고 무겁고, 어디선가 묻어온 슬픔이 말끝에 얹혀 있었다. 그는 모자를 벗고 두 손에 꼭 쥔 채, 고개를 숙였다. 엄마는 그 말에 눈을 크게 떴고, 작은 오빠는 손에 쥐고 있던 책가방을 던지듯 놓고 대문을 향해 달려나갔다. "아버지!" 작은 오빠가 외치며 어둠으로 뛰어들었다. 마당 한편, 보릿단을 태우며 짓던 저녁 보리밥은 그대로 식어갔다. 장독대 뒤 석류나무 아래에서는 바람이 한 송이 꽃을 툭, 떨구었다.

그때였다. 논길로 소를 끌고 나갔던 여동생이 허겁지겁 달려왔다. 헝클어진 머리, 양쪽 눈가에 번진 흙과 눈물 자국이 벌써 모든 것을 말하고 있었다.
"언니야…!"
"왜 그래, 무슨 일이야!"
"흑흑… 아버지… 아버지가 강물에 빠지셨대. 나도… 가야 해, 거기 강으로…!"

"안 돼!" 나는 소리쳤다.

"너까지 가면 안 돼. 우린… 집을 지켜야 하잖아."

나는 여동생의 소매를 꽉 붙잡았다. 여동생은 저항했지만, 이내 무릎을 꿇고 엉엉 울기 시작했다. 그 울음은 크지 않았지만, 저녁 바람보다 더 서늘하게 우리 마당을 스쳐 지나갔다.

"우리… 아버지 살아서 돌아오시게 기도하자."

동생이 눈물을 흘리며 말했다. 나는 조용히 고개를 끄덕였다. 그리고 우리는 마루 끝에 무릎을 꿇었다. 동생도 그 옆에 앉아 손을 모았다.

"하나님… 제발… 우리 아버지… 그냥, 한 번만, 다시….

우린 말끝을 맺지 못했다. 말이 울음으로 번지고, 울음은 기도로 흘렀다. 마당 가장자리에 매달린 전구는 푸른빛으로 희미하게 깜빡였다. 어둠은 집 안 구석구석에 스며들고 있었고, 헛간 뒤 처마 밑에 자라던 푸성귀 잎들이 찰랑거리며 나지막한 소리를 냈다. 무언가가 거기서 나타날 것만 같았다. 무서움은 꼭꼭 눌러 담은 기도 사이로 슬며시 스며들었다.

문간 쪽에서 어머니의 발자국 소리가 들렸다. 그녀는 손수건으로 얼굴을 훔치며 말없이 들어왔다. 옆집 최 씨 아주머니가 그 뒤로 따라왔다. 어머니는 바닥에 웅크리고 앉더니, 기다란 대나무 장대와 솜뭉치를 꺼냈다. 그리고, 낮에 농사에 쓰던 기름통을 열었다.

 내 마음의 정원에서

“횃불을 만들어야 해. 밤이 되면 더 안 보여. 강가 다 뒤져야 해.”
“제가 솜 묶을게요, 어머니.”
“그래… 우리 아버지를… 데려오려면, 우리가 먼저 불을 밝혀야지.”

어머니의 말끝마다 떨림이 묻어났다. 나는 그때 처음 알았다. 눈물 없이도 사람이 떨 수 있다는 걸 말이다. 어머니는 기름에 젖은 솜을 조심스레 손으로 눌러 꽉 묶었다. 동생은 마당을 오가며 전등줄을 걸었다.

“이렇게 불 밝히면… 아버지, 길 잃지 않고 집으로 오실까?”
“…. 오실 거야.” 나는 작게 대답했다.
“진짜지?”
“진짜야. 우리가 기다리잖아.”

그날 밤, 마당은 낮보다 더 밝아졌다. 하지만 그 빛은 기쁨의 빛이 아니라, 찾음과 간절함의 빛이었다. 울 아버지를 향한 수많은 눈과 손길, 그리고 기도, 그 모든 것들이 그날 우리 집 앞 마당을 환하게, 속절없이 밝히고 있었다.

이런 난리중에도 밤은 점점 깊어 갔다.

횃불에 담긴 불빛이 강 쪽으로 일제히 흔들렸다. 마을 남정네들이 장대를 들고 어두운 둔치를 더듬듯 걸어 다녔다. 그 불빛은 마치 물 위에 피어난 노란 꽃무리처럼 어지럽고 안타까웠다. 마루 끝에 웅크린 나와 동생은, 손끝을 꽉 잡은 채 말이 없었다. 침묵은 더욱 크고 무겁게 우리를 짓눌렀다.

그때, 어머니가 내 쪽으로 오셨다. 어머니의 두 손엔 아직 횃불의 잔내가 스며든 헝겊 조각이 들려 있었다.

"아버지가… 낮에 논에 혼자 나가셨다가, 강에서 씻다가… 그만… 흑흑흑…!"

어머니는 말을 마치지 못하고 입을 꾹 다무셨다. 그러나, 그 사이로 울음이 삐져나오는 것이었다. 나는 숨을 삼켰다. 동생이 조용히 물었다.

"강물이… 많이 불었었나요?"
"엊그제 비가 많이 왔잖니. 물살이 센 데 들어가셨나 봐. 평소에도 혼자서 일을 너무 무리하셨지."

어머니는 허공을 멍하니 바라보다가 중얼이듯 말씀하셨다.

"농약 치고 더워서, 그냥 손발만 씻으려 내리신 거야… 그랬겠지… 옷은 아직 저 강둑에 벗어 놓은 채라는데….”

그 말이 내 귀에 와서 박혔다.

아버지의 옷. 늘 깨끗하게 입으시던 무명 옷, 고무신 옆에 개어 놓은 셔츠와 바지. 그 모습이 눈앞에 그려지자, 갑자기 목이 메어 왔다.
“엄마, 아버지는 수영 잘하시잖아요… 예전에 동네에서 제일 멀리까지 헤엄치셨다고… 나 들었는데….”

내가 그렇게 말하자 어머니가 고개를 살짝 끄덕였다.

“그래… 그렇지… 근데 말이다…. 사람이 그런 거 앞에서는 별 수가 없어. 한순간이야… 그렇게 훅….”

그 말이 끝나자 어머니의 어깨가 들썩였다. 동생은 고개를 돌려 울음을 참으려 했지만, 눈물은 이미 볼을 타고 줄줄 흘러내리고 있었다. 나는 동생의 등을 쓰다듬었다. 하지만 내 손도, 떨렸다.

이윽고, 밤 10시가 넘었을 무렵이었다.

동네 어귀에서 누군가가 “찾았다!” 하고 외쳤다. 그 소리는 짧았지만, 마당을 뒤흔드는 천둥처럼 들렸다. 어머니는 무릎을 꿇고 손등으로 입을 틀어막았다. 나는 눈을 질끈 감았다.
동생은 “아버지….” 하고 부르며 그 자리에 주저앉았다.

잠시 뒤, 어른들이 둘러싸고 무언가를 이불로 덮은 채 마을 안으로 들어
왔다. 나는 얼어붙은 채로 그걸 보았다. 흰 보자기에 싸인 아버지의 몸, 그
아래서 조용히 흔들리는 두 발의 윤곽. 엄마가 그 앞에서 손을 뻗었다.

"영감… 이 사람아… 이제야… 이제야 오는 거요…. 왜 이제…." 그 말은
끝내 울음으로 흩어졌다.

나는 그제야 모든 걸 알았다. 이건 꿈이 아니었다.

아버지는, 이제 정말로… 아무 말이 없었다.

   내 마음의 정원에서

● 3부 군대 간 큰오빠

안방 문지방에 기대어 앉아 있던 어머니는 새벽녘까지 한숨도 주무시지 않았다. 창호지 문틈으로 새어 들어오는 희끄무레한 새벽빛이 어머니의 굽은 등을 서서히 밝혀오고 있었다. 장롱 위에 얹힌 아버지의 낡은 삿갓이 그새 먼지를 뒤집어쓴 듯 우중충하게 보였다. 밖에서는 닭이 한두 번 울었고, 마당에 널어 둔 고무신엔 이슬이 내려앉았다.

나는 부엌에 물을 올려 두고 어머니에게 조용히 물었다.

"큰오빠한테는… 연락드렸어요?" 어머니는 고개를 천천히 저었다. "거기까지 어떻게 소식이 가겠니. 그 먼 월남까지… 연락이 닿을랑가 몰라."

큰오빠. 우리 집안의 기둥…! 그는 지금쯤, 태평양 너머의 어느 더운 밀림 한복판에서 헬멧을 쓰고 있을지도 모를 그 오빠.

언제나 노래를 부르며 사랑방 한편에서 창밖을 바라보던 오빠의 뒷모습이, 그 순간 내 마음을 할퀴고 지나갔다.

내가 열세 살쯤 되었을 때부터, 오빠는 이미 '우리 동네 가수'로 소문이 자자했다. 긴 손가락으로 그 당시 동네에서 유일한 풍금을 두드리며 '그리운 금강산'이나 '별은 빛나건만'을 부를 땐, 진짜 어딘가에서 무대의 조명이 오빠만을 비추는 것 같았다.

"자, 들어봐 봐. 여기는 '나폴리 항구'야. 지금 이 노래는 바다를 보며 부르는 거야."

오빠는 그렇게 설명을 해 주곤 했다.

그런 날이면 방 안은 노래의 여운으로 가득 찼고, 나는 종종 발끝을 모은 채 이불 위에서 감상에 젖곤 했다.
"오빠는… 나중에 가수 돼서, 우리 고향도 TV에 나올까?"

내가 묻자, 오빠는 웃으며 내 머리를 쓰다듬었다.
"너는 뭐든 믿는구나. 근데… 그건 좀 어려울지도 몰라."

그 말은 그땐 이해하지 못했다. 나중에야 알았다. 가난이, 그 꿈을 가로막았다는 걸. 그는 성악가가 되고 싶었지만 결국 입대통지서를 받아들고 말없이 해병대로 지원서를 낸 오빠. 농사 짓느라, 집안이 어려웠고, 아버지는 그저 농사만 지으시고, 어머니는 동생들을 위해 입술을 깨물고 사셨다.

그날, 오빠는 가방 하나 메고 뒷마당 감나무 그늘 아래서 마지막으로 노래를 불렀다. 그때 불렀던 노래가 무엇이었는지 정확히 기억나지는 않지만, 그 멜로디는 지금도 내 귓가에 살아 있다. 그리고는 홀연히 고향을 떠났다. 월남이라는 나라. 지도에서 손가락으로 짚어 본 적도 없는 그 머나먼 땅으로….

나는 마당을 정리하다가 방 한쪽에 놓인 오빠의 작은 손거울을 발견했다. 손때가 묻어 낡은 은테 거울. 오빠는 그것을 보며 머리를 단정히 다듬고는 하모니카를 불곤 했었다. 그걸 들고, 나는 오빠가 자주 앉던 사랑방 구석에 쪼그리고 앉았다.

“오빠… 아버지 돌아가셨어요. 엄마가 매일 기도하세요. 당신 아들도, 무사히 돌아오게 해 달라고. 그러니까… 제발… 꼭 살아서 돌아오세요.”

오빠가 주고 간 작은 손 거울을 내 품에 껴안고, 나는 한참을 움직이지 않았다. 어머니는 오빠가 군에서 보내온 달러 봉투를 아직도 쓰지 않으셨다. 서랍 깊은 곳, 검정 비닐로 싸서 고이 접어 둔 그 돈.

“부모가 아직 살아 있는 집에서 아들까지 전쟁터에 나가 있는데, 그 돈을 어떻게 써, 내가 차마….”

그 말에 어머니의 손등이 바스러질 듯 말라 있었다.

그 돈은 나중에 오빠가 전역하고 돌아와서, 영숙이 언니와 결혼할 때 예식비로 쓰였다. 그날 식장에서 나는 조용히 혼자 생각했다.

‘아버지, 저기 큰오빠 웨딩드레스 입은 신부 손 잡고 있어요. 어때요, 어머니 혼자서 참 잘 키우셨죠. 아버지, 오셨으면, 참 좋아하셨을 텐데….’

밤이 깊을수록, 오빠의 노래가 집 안 구석구석에서 다시 울리는 듯했다. 동네 사람들이 드나드는 마당, 상여 준비로 부산한 외양간, 그 틈새로 나는 오빠의 흔적을 쫓아다녔다.

그의 목소리는 들리지 않았지만, 그리움은 여전히 맴돌았다.

● 4부 **사랑방의 노래**

"언니야, 오빠 또 노래 부른다! 얼른 와 봐!"

마당에서 쪼그리고 앉아 부추를 다듬던 나를 여동생이 숨 가쁘게 불렀다. 나는 손에 묻은 흙을 대충 털고 사랑방 쪽으로 달려갔다. 방문은 닫혀 있었지만, 안에서는 선율이 흐르고 있었다. 단단하면서도 울컥울컥 복부 깊은 곳을 울리는 소리. 오빠의 노래였다. '그대의 찬 손, 나의 손에 녹고….'

그 소리가 흙내 나는 사랑방 벽을 넘어, 여름 볕이 내리쬐는 마당까지 흘러나왔다. 그 순간, 나는 아주 멀고 아름다운 세계를 걷는 것 같았다. 황톳길 위를 맨발로 걷는 소녀가, 돌연 비단 구름 위로 떠오르는 듯한 기분. 문 옆에 조용히 앉아 귀를 기울이다 말고, 나도 모르게 속삭였다.

"오빠 목소리는… 하늘에서 떨어진 것 같아."
"진짜 그래. 우리 반 친구들도 맨날 오빠 노래 듣고 싶대. 특히 영숙이. 호호호!"

여동생이 장난기 어린 미소로 내 옆구리를 찔렀다. 나는 실소를 터뜨렸다.

"영숙이가? 에이, 그 애는 나 보러 오는 거야."

하지만 바로 그날 오후, 영숙이가 예고도 없이 찾아왔다. 손에는 종이봉

   내 마음의 정원에서

투가 들려 있었고, 안엔 찐고구마가 따뜻하게 김을 내고 있었다.

"너희 집 군고구마가 제일 맛있어. 아, 오빠 노래도…"

그녀는 시선을 사랑방 문쪽에 둔 채 중얼거렸다.
"또 오빠 노래, 들으러 온 거지?"
"아니거든! 너 보러 온 거라니까?"

말을 그렇게 해 놓고선, 영숙이는 내가 방을 비운 사이 오빠에게 고구마를 슬며시 내밀었다. 오빠는 머쓱하게 웃으며 말했다.

"이 고구마, 너보다 더 달다."

그 말에 영숙이 얼굴이 순식간에 홍시처럼 붉게 물들었다. 나는 그 장면을 문틈으로 보고도 모르는 척 돌아섰다. 그즈음, 오빠의 방엔 여학생들의 그림자들이 하나둘 드리웠다. 누군가는 시집에서 몰래 빌려온 아리아 악보를 건네주기도 했고, 누군가는 밤하늘을 보며 "이 목소리, 라디오에 나오면 좋겠다"며 눈을 반짝였다.

그런 오빠에게도 꿈이 있었다. 성악가. 커다란 무대에서 아리아를 부르고, 브라보의 박수를 받는 것. 하지만 오빠는 결국 꿈을 접고 해병대에 지원했다.

"왜… 그런 결정을 한 거야?"
어느 날, 노을 진 마루 끝에서 내가 물었다. 오빠는 한참 침묵하다가 말했다.

"우리 집… 현금 만져 본 적, 있었냐?"

나는 고개를 저었다.

"내 목숨값이지만, 집에 돈이 생길 거야. 영숙이… 좋은 사람이지?"나는
조용히 끄덕였다.

"그럼 됐다."

그 말에, 나는 울었다. 소리 내지 않고, 햇살 아래 서서, 조용히 눈물을
닦으며 울었다.

내 마음의 정원에서

● 5부 아버지의 꽃 상여

그날 햇볕은 잔인하게도 밝았다.

여름 해는 아랑곳없이 마당을 태우고, 나뭇잎들은 그늘 한 줌 만들어 주
지 못한 채 반짝였다. 그날 우리 집은 마치 축제라도 열리는 양 북적였지
만, 그 안에 흐르는 공기는 눈물보다 짠 절망이었다. 하얀 천막이 마당을
덮고, 멍석 위로 접은 이불이 깔렸으며, 검은 고무신들이 흐트러져 널려
있었다.

집 울타리 너머로 사람들이 하나둘 들어왔고, 감나무 아래에는 커다란
가마솥이 걸렸다. 소고기국이 팔팔 끓으며, 생강과 마늘 냄새가 진하게
퍼졌고, 마당 한편에서는 이웃 아주머니들이 전을 부치며 조용히 울었다.
아버지의 부재는 말보다 냄새로, 바람보다 더 묵직한 정적으로 집안에 스
며들었다.

나는 맨발로 대청마루를 서성였다. 마치 바람 속을 걷는 기분이었다.
내 몸은 그 자리에 있었지만, 마음은 그날 아버지를 마지막으로 보았던
논두렁에 가 있었다. 흙 묻은 손으로 내 머리를 쓰다듬으며, "만화가 너거
애비보다 좋으냐?" 하시던 그 얼굴, 햇살에 눈을 찡그리며 돌아보던 그 뒷
모습….

고모는 기차를 타고 헐레벌떡 달려왔다. 그녀의 눈은 벌겋게 충혈되어
있었고, 얼굴엔 먼지가 붙어 있었다. 나와 마주친 순간, 고모는 내 손을 덥

석 잡더니 그대로 주저앉아 울음을 터뜨렸다.

"어쩐다냐, 우리 형님을…. 나중에라도 얼굴 한 번 더 볼 줄 알았는데…."

나는 대답하지 못했다. 오직 눈물만이 대답이 될 수 있었다.

그날의 마당은 잊히지 않는다. 장의사들이 가져온 상여는 꽃으로 장식되었고, 만장에는 검은 글씨로 굵게 이름이 적혀 있었다. 그것들은 너무도 낯설게 느껴졌고, 동시에 너무 당연해 보였다. 죽음은 그렇게 우리 집에 예식처럼 들이닥쳤다.

어머니는 삼베 상복을 입고 조용히 앉아 계셨다. 그 눈빛은 슬픔도 분노도 아닌, 깊은 수긍이었다. 이제야 받아들인, 평생을 함께한 사람과의 이별. 나는 어머니 곁에 다가가 무릎을 꿇고 조용히 속삭였다.

"엄마…! 아버지 잘 보내 드리자…! 아버지가 우리를 보고 계실 거야."

어머니는 내 손을 덥석 잡았다. 말없이, 아주 단단하게. 그 손끝에서 나는, 우리 가족이 아직 무너지지 않았음을 느꼈다. 아버지는 떠났지만, 그의 사랑은 남았고, 우리는 그 사랑으로 묶인 사람들이었다. 상여가 움직이기 시작했다. 그 순간, 장독대 위에서 또 한 송이 붉은 능소화 꽃이 떨어졌다. 아주 천천히, 마치 마지막 인사를 하듯 말이다.

나는 누런 삼베옷을 입고, 짚으로 똬리를 튼 수건을 머리에 두른 채 상여 뒤를 따랐다. 햇빛이 얼굴을 찌르고, 땀은 눈을 적셨지만, 나는 울음을 참았다. 울음은 어머니와 고모, 그리고 마당 귀퉁이에 앉아 흐느끼는 이웃들이 대신 울고 있었으니…!

                                                    내 마음의 정원에서

신작로에는 포플러 나무들이 줄지어 서 있었다. 바람이 불면 나뭇잎들이 서로 부딪혀 은은한 소리를 냈고, 그 소리는 마치 아버지의 시조창처럼 낮고 깊게 울렸다. 우리는 그 길을 따라, 아버지가 매일 아침 걸어가던 그 길을 따라 걸었다. 오늘은 그 길 위에 만장이 흔들리고, 상여가 꽃을 날리며 지나갔다.

아버지가 그토록 아끼던 흙길, 그 길 위로 마지막 인사가 흩날렸다. 나는 상여 너머에 앉은 아버지의 환영을 보았다. 무언가 말하고 있었지만, 나는 그 말을 듣지 못했다. 단지 그 미소만이 오래도록 남아 내 가슴 속에서 사라지지 않았다.

● 6부 큰오빠와 영숙이

큰오빠는 우리 가족의 기둥 같은 존재였다. 특히 아버지의 사고로 인한 죽음 후, 더더욱 그는 장남으로만 살아가야 했다. 그가 집안에 있을 땐, 지붕 위에서 햇살이 따사롭게 내려앉는 느낌이 들었다. 존재만으로도 집 안이 환해지던 사람. 키가 크고 말수가 적었지만, 그의 눈빛에는 음악 같은 따뜻함이 담겨 있었다. 오빠가 피아노 앞에 앉으면 사랑방 창 너머로 노을이 물들었고, 집안은 고요한 감동으로 가득 찼다.

그는 누구보다 음악을 사랑했다. 구불구불한 신작로를 따라 읍내까지 걸어가서 오래된 레코드판을 구입했고, 낡은 전축에 바늘을 얹어 귀를 기울이던 모습은 마치 시인 같았다. 우리 가족이 배고픔과 농사일에 지쳐 숨을 헐떡일 때도, 오빠는 여전히 '별은 빛나건만'을 조용히 불렀다. 마루 끝에 앉아 그의 노래를 듣던 어린 나는, 눈을 감고 상상했다. 오빠가 언젠가 큰 무대에서 노래를 부르는 장면을…. 하지만 현실은 냉혹했다. 가난은 그 꿈조차 사치처럼 만들어 버렸다. 장남이었던 그는 대학 진학 대신, 군복을 입기로 결심했다. 그것도 해병대. 그리고 자원해서 월남으로 파병을 떠났다. 그는 떠나는 날, 고무신을 벗고 어머니 앞에 무릎을 꿇었다.

"어머니, 나가서 사람처럼 벌어서 올게요. 아버지 고생 너무 많이 하셨잖아요."

어머니는 끝내 그 말을 막지 못했다. 오빠의 어깨를 부여잡고 흐느끼기만 했다. 말없이 그의 손등을 어루만지던 어머니의 손길은, 온 세상을 다

껴안고 놓아주는 듯했다. 그는 장남이자, 가장이었다. 아직 젊디젊은 청년이었지만, 이미 우리 가족을 이끄는 별이었다. 오빠가 떠난 후, 집안은 한결 조용해졌다. 사랑방 피아노는 덮개 속에서 먼지만 쌓여 갔고, 그가 즐겨 부르던 가곡도 들리지 않았다. 마당에서 뛰놀던 여동생도 어느새 숙연해졌고, 나는 그의 빈자리를 꿰뚫듯 매일 그가 남긴 공책을 들춰보았다. 오빠는 떠나기 전날, 내게 이런 말을 했었다.

"너는, 꼭 하고 싶은 거 해. 세상이 뺏기 전에 말이야. 난, 괜찮으니까."

그의 말은 푸성귀 밭을 쓰다듬던 바람처럼 다정했고, 그 말이 나의 마음에 씨앗처럼 뿌려졌다. 오빠가 외국에서 보내온 첫 월급은 어머니 손에 전달되었지만, 어머니는 한 푼도 쓰지 못했다. "우리 아들이 살아 돌아올 때까지는 이 돈 못 쓴다" 하시며, 장롱 깊은 곳에 고이 접어 넣으셨다. 그 돈은 나중에, 오빠가 영숙이와 결혼할 때 첫 살림집의 전셋값이 되었다.

사실, 영숙이는 원래 내 친구였다. 우리 동네 부잣집 막내딸로 자라 고운 치마에 매끈한 말씨를 지닌, 누구나 부러워하던 아이. 그 아이가 어느 날 우리집에 놀러 와, 사랑방에서 오빠가 피아노를 치며 부르던 '그대의 찬 손'을 들었다. 그녀는 아무 말도 없이 서 있었다. 노래가 끝난 뒤, 조용히 말하곤 했다.

"너희 오빠… 정말 멋진 목소리를 가졌구나."

그 말이 시작이었다. 그 이후로 그녀는 핑곗김에 자주 우리 집에 놀러 왔다. 감자전을 부쳐 오기도 하고, 여름이면 찬 수박을 안고 오기도 했다. 나는 그녀가 마치 무슨 이유를 기다리는 듯 보였고, 오빠는 묵묵히 웃음으로만 그녀를 맞이했다. 둘은 긴 말 없이도, 많은 것을 나누는 사이가 되어갔다. 하지만 두 사람의 사랑이 꽃피기까지는 많은 장애가 있었다. 영숙이네 부모님께서는 절대 안 된다고 하시며, 반대했다. 특히 아버지가 돌아가시고 나서, 더욱 가난한 농가의 장남과 자신들의 막내딸은 어울리지 않는다고, 공부한 딸을 시골로 보낼 수 없다고 했다. 그녀는 집을 등지고, 교사 발령을 받아 시골 학교로 왔다. 사랑을 택한 영숙의 그 길은 결코 쉽지 않았다. 하지만 그녀는 단호하게 말했다.

“내가 선택한 사람이야. 그가 가진 건 많지 않지만, 마음은 누구보다 크고 따뜻해. 난 그 사람의 노래 속에서 평생을 살 수 있어.”

결국, 두 사람은 서로를 놓지 않았다. 오빠가 베트남에서 돌아온 후, 어머니는 장롱 속 달러를 꺼내 영숙이 손에 쥐어 주었다. 오빠와 영숙이의 결혼식 날, 마을 회관에선 작은 연회가 열렸고, 오빠는 그녀 앞에서 처음으로 ‘별은 빛나건만’을 불렀다. 마치 그 노래 한 곡이 그들의 모든 여정을 설명해 주는 듯했다. 그리고 그로부터 몇 해 뒤, 전장을 다녀온 오빠는 영숙이와 손을 맞잡고 다시 마루에 섰다.

“너도 참, 기어이 우리집 며느리가 됐네?”

내가 놀리듯 말하자, 영숙이는 웃으며 대답했다.

“그 집에 오빠가 있잖아. 그럼 충분하지.”

오빠는 웃었고, 나도 함께 웃었다. 그 웃음 안에, 찬 손을 녹이던 노래처

     내 마음의 정원에서

럼 잊지 못할 따뜻함이 스며 있었다.

결혼 후, 두 사람은 우리 마을 근처에 작은 집을 짓고 살았다. 오빠는 아이들을 가르치며, 틈날 때마다 피아노 앞에 앉아 노래를 불렀고, 영숙이 누나는 늘 그 옆에서 아이들 옷을 만들면서 그의 등을 바라보았다.

그들의 집에서는 항상 노래와 웃음이 흘렀고, 그 사랑은 계절을 지나며 더 깊어졌다. 가난한 집의 장남, 자신의 꿈 대신 가족을 택한 큰오빠. 그는 노래를 버린 것이 아니라, 더 깊은 사랑으로 바꿔낸 것이었다. 그의 희생은 슬픔이 아닌 빛이었다. 그 빛은 아직도 우리 가족 모두를 따뜻하게 감싸고 있다.

그 여름은 그렇게 모두에게 아픔만을 남기고 끝났다.

그러나 그 여름의 기억은 나를 떠나지 않았다. 계절은 바뀌었고 논에는 다시 벼가 자랐으며, 감나무에도 가을이 물들었지만, 아버지가 떠난 그날 이후로 우리 집 마당은 한 번도 예전 같지 않았다. 어머니는 말수가 더 줄었다. 새벽이면 가장 먼저 마당을 쓸고, 마루 끝에 앉아 무심히 하늘을 보곤 하셨다. 아버지가 앉던 자리에 조용히 앉아 계신 날이면, 나는 마치 그분이 두 분 모두의 숨결이 된 듯한 느낌이 들었다. 어머니는 때로 흙을 만지며 중얼거리셨다.

"저 양반, 오늘은 하늘에선 비 안 맞고 잘 쉬고 있으려나…."

그러면서도, 자식들 앞에서는 끝내 눈물을 보이지 않으셨다. 그 강인함이야말로 아버지와 함께한 삶이 어머니에게 남긴 마지막 사랑이었을지도 모른다. 큰오빠는 장남으로서의 책임을 더욱 단단히 안고 살아갔다. 전쟁에서 돌아온 그는 더 이상 소년 같지 않았지만, 여전히 따뜻한 사람이었다. 영숙이 누나는 늘 그의 곁을 지켰고, 두 사람의 집에는 아이들의 웃음소리가 늘 넘쳐났다.

사랑방에는 오빠의 오래된 풍금소리가 다시금 울리기 시작했고, 마을 사람들은 그의 노래를 다시 듣기 위해 문을 두드렸다. 나는 교사가 되었다. 어린 시절, 아버지가 내 도화지를 들여다보며 웃어 주시던 그 눈빛을 잊지 못해, 나는 아이들의 꿈을 응원하는 사람이 되고 싶었다. 교실에서 아이들이 '선생님'이라 부를 때마다, 나는 속으로 속삭이곤 했다.

"아버지, 저 잘 살고 있어요."

내 동생은 대학을 졸업하고, 그림을 그리는 사람이 되었다. 아버지의 눈빛과 가장 많이 닮은 아이…, 그녀는 늘 말했다.

"언니야, 나는 우리 아버지가 매일 밤 내 꿈에 와서 '잘하고 있다'고 해. 정말이야. 그게 나한테 큰 힘이 돼."

우리는 그렇게 각자의 자리에서 아버지를 닮아가며 살아갔다. 삶이 결코 순탄하지만은 않았지만, 아버지가 남긴 따뜻한 사랑과 묵묵한 책임감은 우리 모두의 뿌리가 되었다. 그리고 지금, 나는 다시 그 여름날을 떠올린다. 아이들이 잠든 밤, 오래된 사진첩을 펼치면, 그 속에는 마당 끝에서 환하게 웃던 아버지가 있다. 나는 꿈에서 아버지를 자주 만난다. 그때마다 아버지는 아무 말없이 웃기만 하신다. 하지만 그 웃음은 말보다 많은 걸 말해준다. 그 웃음 속에서, 나는 여전히 사랑받고 있다는 걸 느낀다.

어느 더운 날, 한낮의 꿈속이었을까?

내 눈물이 하염없이 흘러, 앞을 가린 내 눈 앞에서는 길 잃은 갈까마귀 한 마리가 우리 콩밭 한 귀퉁이에서 "가악, 가악" 슬피 울고 있었다. 담장 위에서는 흐드러지게 핀 붉은 접시꽃들이 하늬바람에 넘실넘실 출렁이며, 마치 내 눈물을 위로하듯 노래를 부르고 있었다. 평소라면 가장 좋아했을 그 꽃들마저, 그날따라 어쩐지 서럽고 야속하게 느껴졌다. 늘 그 꿈의 끝에는 아버지가 웃으며 서 계셨다. 나를 향해, 큰 손을 흔드시며,

 "잘하고 있쟈? 아버지도 잘 있으니께, 걱정말고 네 앞길이나 잘 닦으라구. 알았지? 허허허!"

여름 밤의 꿈처럼 어지럽던 그 계절이 지나고, 나는 어른이 되어 사랑하는 사람과 결혼을 했고, 작은 아버지 손을 잡고 식장에 들어서며 아버지의 부재를 온몸으로 느꼈다. 그리고 내 아이들이 "아빠, 아빠!" 하며 남편에게 매달릴 때마다, 문득문득 커다란 빈자리가 내 가슴 안쪽에서 아프게 울었다.

그 여름, 한낮의 햇살이 눈과 내 얼굴 위로 뜨겁게 내리쬐던 그 시간들, 아버지의 꽃상여가 신작로를 따라 천천히 나가던 그 길. 언니도, 오빠도, 내 동생들도 가족을 이루었고, 우리는 이제 '대가족'이라는 이름으로 명절이면 웃음 지을 수 있는 사람들이 되었다. 그 길고 고단했던 세월이 논과 밭을 따라 흐르던 개천처럼 흘러갔고, 그 시간 속에서 나는 어머니의 얼굴을 닮은 중년이 되었다. 그리고 언뜻 고개를 들어 거울을 바라본 어느 날, 나는 깨달았다. 이제는 내가 아버지의 나이보다 더 늙은, 한 사람의 어머니, 그리고 딸이 되어, 뿌연 거울 너머에서 어린 날의 나를 바라보고 있는 것이다.

세월은 흘렀고, 어느덧 나는 어머니의 주름을 닮은 얼굴로 거울 앞에 선다. 마루 끝에 앉아 바람을 느끼며, 조용히 아버지를 부른다. 눈물이 고여도 좋다. 그 눈물은 그리움이 아니라, 사랑의 또 다른 이름이니까.

 내 마음의 정원에서

내가 어릴 적, 한여름 툇마루 끝에 앉아 푸른 바람을 보며 생각했다.

'왜 어른들은 이렇게 다 조용히 살아갈까?'

그러나 나도 이제 안다. 조용한 게 무거운 게 아니라, 사람의 깊이 거라는 걸…. 묵묵히 삶을 살아간 사람들의 발자국이, 그 조용한 길을 만든 거라는 걸 말이다.

나도 그렇게 살아왔다. 그렇게 사랑했고, 그렇게 지켜냈다. 그래서, 지금 이 자리에 이렇게 서 있는 것이다.

이제, 시간에 길들여져 두터워지고, 옹이가 박힌 내 마음에게 조용히 말해 준다.

"잘 살아왔다. 앞으로도 잘 살아가자.
참 고맙다. 내 자신에게."

"My Summer of Crimson Flowers"

그 여름,
붉은 꽃과 나
에세이 소설집
김윤미

"My Summer of Crimson Flowers"

● Prologue

That day was no different from any other summer.

The sun blazed overhead, crimson trumpet creepers reached for the sky, and time moved with a languid breath. Yet from that day on,

Everything began to slip little by little out of place.

My father's disappearance didn't arrive like a thunderclap.

The unsettling stillness marked the moment,

so quiet it felt wrong. Silence settled over us, soon becoming routine, and that familiarity hardened in my heart like calluses.

I was still a child, too young to understand how indifferent the world could be or that even that coldness would begin to make a strange sense with time.

Since that summer, I have passed through countless seasons to arrive here.

This story begins there.

Though my memories fade, that summer remains vivid-like a red stain-deep within me.

And today,

I returned to face the child I was that summer.

● Part 1: **The Darkness We Faced**

The sun slipped behind the ridge, casting a soft amber glow across the fields and rooftops. The evening light bled slowly into stillness, when a strange tension began to drift in on the wind-not a sound, but a presence. A silence so peculiarly wrapped around us before a single word was spoken.

Across the yard, by the gate, a man stood.

"Excuse me⋯ did your father go to the field this morning?"

His voice was like wet soil-heavy, damp, and burdened with sorrow. He removed his hat and held it tightly in both hands, bowing his head. Mother's eyes widened. My younger brother dropped his schoolbag without a word and bolted toward the gate.

"Father!" he shouted, vanishing into the dusk.

Our dinner-a pot of barley rice left simmering near the straw bundles-grew cold. A flower fell silently from the pomegranate tree behind the jars.

Then came my sister, running breathlessly up the dirt path from the field, her hair in disarray, mud and tears smudged across her cheeks.

"Unni⋯!"

"What is it? What happened?"

"Father⋯ he⋯ he fell into the river⋯ I must go-I must go to the river!"

"No!" I shouted, grabbing her sleeve. "You can't go. We⋯ we must stay. We must keep the house."

She struggled against me, but soon dropped to her knees, sobbing softly. Her tears were quiet, yet colder than the night air drifting through the yard.

"Let's pray… pray that Father comes home," she whispered between tears.

I nodded, and we knelt at the edge of the wooden floor. She folded her hands beside mine.

"God… please… bring him back to us… just once, just this once…"

We couldn't finish the prayer. Words dissolved into tears, and the tears flowed into prayer.

A lone bulb at the edge of the yard flickered a faint blue. Darkness seeped into every corner of the house. Behind the shed, the leafy greens in the small garden rustled faintly, as if something unseen were moving there. Fear crept silently through the gaps between our trembling words.

Then we heard our mother's footsteps. She entered quietly, wiping her face with a handkerchief. Mrs. Choi from next door followed behind her. Mother sat down on the floor, pulled out a long bamboo pole and a bundle of cotton, and opened a tin of oil from the shed.

"We need to make torches. It'll be darker by night. We must search the riverbank."

"I'll wrap the cotton, Mother."

"Yes… to bring Father home, we have to light the way first."

Her voice trembled with every word. That night, I learned that people could tremble even without tears. She pressed the cotton into the oil with care, binding it tightly. My sister ran across the yard, stringing up the lantern line.

"If we light the yard like this···, do you think Father will find his way back?"

"···. He will," I whispered.

"Really?"

"Really. He knows we're waiting."

That night, the yard shone brighter than it did by day.

But it was not the brightness of joy,

It was the light of longing, of hope, of searching.

And in that light, every eye, every hand, every breath,

reached towards our father.

소설모음집

Even during all that chaos, night crept deeper and deeper.

Torches flickered along the riverbank, trembling in unison. The village men held long poles as they stumbled through the darkness near the water. Their lights, wavering like yellow blooms on the river's surface, looked fragile, mournful.

My sister and I crouched at the edge of the porch, our fingers tightly clasped, saying nothing. The silence pressed down on us, heavier than the dark. Then Mother came toward me, a scrap of cloth still stained with the scent of torch oil in her hand.

"Your father⋯ went to the field alone earlier⋯ he must've gone down to wash at the river⋯" Her voice trailed off. Her lips were sealed tight.

I swallowed hard. My sister asked quietly, "Was the river high today?"

"It rained a lot two days ago. Maybe the current was strong⋯ He always pushed himself too hard⋯"

Mother stared blankly into space and murmured, "He was hot, tired from spraying pesticides⋯ probably just wanted to wash his hands and feet. They say his clothes were still folded neatly on the bank⋯"

That line lodged itself in my ear. Father's clothes. His plain, clean cotton shirt, always worn just so. Folded neatly by his rubber shoes. The image formed in my mind-and suddenly my throat clenched.

"Mom⋯ Father was a good swimmer, wasn't he? They said he used to swim the farthest in the whole village⋯"

Mother nodded slightly. "Yes⋯ that's true⋯ but even the best-against something like that, there's no guarantee. It only takes a moment⋯ just a moment⋯"

Her shoulders began to tremble. My sister turned her head, trying to hold back tears, but they streamed down her cheeks anyway.

I gently rubbed her back. But my own hand was shaking, too.

And then-around ten o'clock-someone shouted from the edge of the village.

"We found him!"

The voice was brief, but it shook the yard like thunder. Mother dropped to her knees and clutched her mouth with the back of her hand. I squeezed my eyes shut. My sister collapsed to the ground, whispering, "Father⋯"

A moment later, the men returned, carrying something wrapped in a blanket. I stood frozen.

It was Father's body, wrapped in white cloth, his feet outlined faintly beneath, swaying gently with each step. Mother reached out her hand toward him.

"My dear⋯ oh my love⋯ only now⋯ only now do you come home⋯ why now⋯" Her words dissolved into sobs.

That was when I found out. This wasn't a dream. Father⋯ was truly, completely silent.

● Part 3: **The Brother Who Went to War**

Mother sat against the bedroom doorframe all through the night.

She hadn't slept a wink. Pale light crept in through the rice paper doors, gently brushing the curve of her bent back.

Father's old straw hat, resting atop the wardrobe, seemed grayer, dustier than ever. Outside, a rooster crowded once, then again. Dew gathered on the rubber shoes in the yard.

I set water to boil in the kitchen, then quietly asked,

"Did you tell big brother⋯?"

Mother slowly shook her head.

"How could word reach him⋯? So far away, in Vietnam⋯ I don't even know if a message could find him."

Big brother-our family's pillar.

By now, he might be wearing a helmet under some sweltering jungle on the other side of the Pacific.

I pictured the boy who once sat singing beside the window in our guest room, gazing out as if he were already far, far away.

When I was around thirteen, everyone in town called him "our neighborhood's singer."

He would tap at the piano with long, graceful fingers and sing "Longing for Kembangan" or "Though the Stars Shine." It felt like a stage spotlight had found him alone.

"Listen-this is the Port of Naples," he'd say. "This song, you sing it looking out over the sea."

On such days, the room would overflow with the resonance of his voice. I'd curl my toes under the blanket and let the music wash over me. "Will you become a singer one day, Oppa? Will you show our village on TV?"

He would laugh and pat my head.

"You believe in anything, huh? But··· that might be too hard."

I didn't understand then.

Only later did I realize poverty had blocked his dreams.

He wanted to be a vocalist.

But he silently accepted his draft notice and enlisted in the Marines.

Our father was frail. Our mother clenched her lips for our younger siblings. The family needed saving.

The day he left, he sang once more beneath the persimmon tree in the backyard.

I can't remember exactly what song it was,

but the melody still lingers in my ears.

Then he left. To Vietnam, I had only ever seen on a map.

Later, while cleaning the yard, I found his old hand mirror tucked in a corner of the room. A worn, silver-rimmed mirror smudged with fingerprints. He used it to fix his hair before playing his harmonica.

I took it and curled up in the corner where he used to sit.

"Oppa··· Father's gone now. Mom prays every day for you, her son, to come back alive.

So please··· come home. Alive."

내 마음의 정원에서

I hugged the mirror to my chest and sat in the stillness.

Mother still hadn't spent the dollar bills he sent from the army.

She kept them deep in the drawer, wrapped in black plastic.

"How can I use that money?" she said. "When my sick husband lies at home and my son is at war··· how could I···"

Her hands, when she spoke those words, were brittle and thin.

Later, when brother returned safely and married Young-sook, that money paid for the wedding.

At the ceremony, I stood quietly, thinking:

"Father, look-your son is holding his bride's hand. Mom raised us so well, all on her own. You would've been so proud if you had been here···"

As the night deepened, I thought I could hear his voice again, echoing through the house. Neighbors came and went. The stable bustled with funeral preparations. In the stillness between those moments,

I followed the trail of my brother's memory. I couldn't hear his song.

But the longing··· still lingered.

● Part 4: **The Song of the Sarang bang**

"Unni! He's singing again! Hurry!"

My little sister called me breathlessly while I was crouched in the yard trimming garlic chives. I wiped the dirt off my hands and rushed toward the Sarang bang. The door was closed, but the music floated out. That solid, resonant voice-it came from deep inside his chest. It was my brother.

"Your cold hands, melting into mine⋯"

His voice spilled beyond the earthen walls of the Sarang bang and into the summer-lit yard. For a moment, I felt like I was walking in a far-off dream, barefoot on dusty roads, suddenly lifted onto silken clouds.

I sat quietly by the door, listening, then whispered without realizing:

"His voice⋯ It's like it fell from the sky."

"It is. My classmates always ask to hear him sing. Especially Young Sook! Haha." My little sister nudged me with a teasing grin. I snorted.

"Posh, Young-sook? She came to see me."

But that very afternoon, Young-sook showed up unannounced, holding a paper bag that steamed with freshly boiled sweet potatoes. "Your roasted sweet potatoes are the best. Oh, and your brother's singing too⋯" she murmured, eyes lingering toward the Sarang bang door.

"You came for him again, didn't you?"

"No! I came to see you, seriously!" she insisted, yet while I was briefly away, she slipped a sweet potato to my brother.

He chuckled awkwardly. "These are sweeter than you."

Her face turned as red as a ripe persimmon. I saw it through the door crack but pretended not to.

Soon, the Sarang bang became a secret gathering spot for curious girls. Some brought borrowed arias from poetry books, some gazed at the stars and whispered, "This voice⋯ if only it played on the radio⋯"

He had a dream, too-an opera singer. A voice that filled grand stages. Applause echoing "Bravo!"

But in the end, he gave up. He volunteered for the Marines.

"Why⋯ why'd you do that?"

One evening, bathed in the orange glow of sunset, I asked him. He paused, long.

"Have you⋯ Ever seen cash in this house?"

I shook my head.

"My life's the price⋯ but it'll bring money. Young-sook⋯ she's a good person, right?"

I nodded slowly. "Then it's enough."

I cried then-not loudly. Just⋯ quietly, under the sun, tears falling without sound.

That day, the sun was cruelly bright.

The summer sun scorched the yard, and the leaves shimmered without offering a speck of shade. The house buzzed like it was preparing for a festival, but the air reeked not for celebration, but of despair. A white canopy was stretched over the yard, folded blankets lay on straw mats, and black rubber shoes were strewn like spilled beads. One by one, neighbors stepped inside the gate.

Beneath the persimmon tree, a giant iron pot boiled beef broth. The scent of ginger and garlic filled the yard, and in a quiet corner, the neighborhood women fried pancakes in silence, their cheeks wet with tears. Father's absence weighed heavier than words, soaked into the air, and settled in the stillness.

I wandered the wooden floor barefoot, like a ghost. My body was there, but my heart had wandered off, back to the rice paddy where I last saw Father.

That dirt-caked hand brushing my hair. That squinting smile in the sun. Aunt came rushing in, panting from the train ride, her eyes red, her face smeared with dust. The moment she saw me; she grabbed my hand and collapsed in sobs.

"My brother··· I thought I'd see his face again···"

I had no reply. Only tears could speak. That yard··· I will never forget. The funeral beer was adorned with flowers. The name scrolls bore bold black ink.

They felt unfamiliar, yet… somehow, inevitable. Death had come to our home like a wedding procession-orderly, solemn.

Mother sat in her hemp mourning robes, not angry, not sad. Just… accepting. Finally accepting the goodbye of a lifetime shared. I knelt beside her and whispered,

"Mom… let's send him off well. He's watching us now." She took my hand, words, just firm and steady. From that grip, I knew we had not fallen.

Though Father was gone, his love remained. We were still bound together by it. The beer began to move. At that very moment, another bright orange Chinese trumpet flower fell from the jar on the terrace. Gently, like a final bow.

Clad in coarse hemp robes, a towel-wrapped head, I followed behind the funeral beer. The sun stabbed at my face; sweat stung my eyes, but I didn't cry. Others cried for me.

Mother, Aunt, neighbors huddled at the corners of the yard-they sobbed for us all.

Along the country road, poplar trees lined our path.

The wind rustled their leaves, making a soft, deep sound like Father's old pansori voice.

We walked that road. His daily path.

Today, it bore fluttering name banners and scattered petals. His cherished dirt road. I saw his figure riding atop the beer.

He said something, but I couldn't hear.

Only his smile remained, etched into my chest, refusing to fade.

● Part 6: **Big Brother and Young-sook**

Big brother was the pillar of our family. After Father's accident, he
had no choice but to live solely as the eldest son. When he was home,
the house felt bathed in gentle sunlight-his presence alone made the air
warmer. He was tall, soft-spoken, and his gaze always carried a quiet
melody. When he sat at the piano, light poured through the windows,
and the room filled with silence, the kind filled with emotion.

He loved music more than anyone. He would walk miles into town
along winding roads just to buy old records. With a worn record player,
he'd gently drop the needle and sit in quiet reverence, as if he were a
poet. Even when we were exhausted from farmwork and hardship, he
would hum 'Though the stars are shining' with a serene voice. I used to
sit quietly, watching him, imagining a stage light just for him.

But reality is harsh. Poverty made his dream of becoming a singer
seem like a luxury. So, he gave up college and chose the military. The
Marines. He even volunteered to be deployed to Vietnam. On the day
he left, he knelt before our mother barefoot.
'Mother, I'll go and come back as a man. Father suffered too much.'

Mother couldn't stop him. She just clutched his hands and wept. That
quiet touch said everything, it let go of a son but held a lifetime of love.

                                   내 마음의 정원에서

He was our eldest, and now, our strongest. After he left, the house grew silent. The piano remained covered in dust. The garden was still, and I often flipped through the notebooks he left behind. Before he left, he told me: 'Do what you love. Before the world takes it from you. I'll be fine.' His words were gentle, like the wind brushing through leaves, and they took root in my heart like seeds.

His first paycheck from Vietnam came in U.S. dollars. Mother folded it carefully and stored it deep in the wardrobe. 'Not until my son returns alive,' she said. That money was later used for the rent when he married Young-sook. Young-sook was originally my friend. She came from a wealthy family and always dressed gracefully. The day she heard my brother singing 'Your Cold Hands' from the love room, she was speechless. 'Your brother··· has a beautiful voice,' she said softly. That moment was the beginning.

She began visiting often, sometimes with pancakes, sometimes with cold watermelons in summer. She rarely spoke, but her eyes searched for him. My brother welcomed her quietly. Their love grew with few words. But her family disapproved. Especially after Father passed, they said their daughter couldn't marry a poor farmer's son.

Still, she chose love. She took a teaching post in a rural village and moved out. 'He may not have much, but he has a vast heart. I could live in his voice forever,' she said.

Eventually, they stood together. After my brother returned from Vietnam, Mother gave Young-sook the saved dollars. At their modest wedding, he sang 'Though the stars are shining' for her. That song told the whole story.

They built a small home nearby. He taught children music, and she sewed clothes while watching him. Their house was filled with music and laughter. He hadn't abandoned his dream-he had turned it into love. His sacrifice became light, and that light still warms all of us.

내 마음의 정원에서

● Part 7: **The Final Farewell, and Our Lives**

That summer ended, leaving only pain in its wake. But the memory never left me. Seasons passed, rice grew again in the fields, and autumn returned to the persimmon tree. Yet the yard never felt the same since Father's passing.

Mother spoke less. She swept the yard at dawn and sat quietly where Father once sat, gazing at the sky. She'd sometimes murmur, 'I wonder if he's resting well up there today…' Yet she never cried in front of us. That strength was perhaps the last gift from Father-a love that turned into quiet resilience.

Big Brother bore his role with dignity. He was no longer a boy but still carried warmth. Young-sook stayed by his side, and their children's laughter filled their home. The old piano echoed again, and villagers came to hear him sing. I became a teacher, wanting to support children's dreams as my father once encouraged me. Every time students call me 'teacher', I whisper inside, 'Father, I'm doing well.'

My sister became an artist. She always said, 'Dad visits me in dreams, saying I'm doing great. That keeps me going.' We each carried on, shaped by Father's quiet love and strong roots. Even when life was hard, that love held us.

At night, looking at photo albums, I see him smiling at the edge of the yard. I often dream of him, not speaking, just smiling. That smile says everything-that I am still loved.

One summer day, I wept quietly. A lone crow cried by the bean field. On the wall, red hollyhocks danced in the breeze, singing to comfort my tears. Their beauty, once my favorite, felt painfully sweet. At the end of the dream, he would wave with a big hand: 'You're doing well, right? I'm okay, too, so focus on your road.

.

.

Years passed. I was married and held my uncle's hand walking down the aisle. And every time my children shout 'Daddy!', I feel an aching emptiness in my chest. The road Father's biker once traveled still shines in the summer sun. We've all grown up now into a big family. The long, weary years flowed like a stream past fields and valleys.

One day, I looked in the mirror and realized I was now older than my father ever was. I am a mother. And a daughter. The mirror reflects a woman with lines of time, calling out to a child she once was.

Time has passed. With a face resembling my mother's, I now sit quietly on the veranda, calling my father. Tears may fall, but they are no longer sorrowful. They are love, by another name.

소설모음집

When I was little, sitting at the porch edge watching the wind, I wondered, 'Why do grown-ups live so quietly?'

Now I know. Silence isn't heaviness-it's depth. The footsteps of those who lived quietly carved that path. I lived that way, too.

I loved that way. I endured that way. That's why I'm still standing here.

And now, to the heart hardened by time, I say gently: you've done well.

에세이 소설 단편: 나의 밤 기차여행 1

나는 이렇게 칠흑 같은 밤의 세계가 좋다.

밤은 어둠의 신이 지배하는 또 다른 세계다. 찬란한 햇살이 붉은 노을을 만들어 자신을 아낌없이 불태운다. 석양빛이 더 찬란하고 더 붉다고 했던가. 우리네 인생 또한 저와 같으니, 무얼 그리 슬퍼하고 가슴 아파하는가? 이제는 쉬어야 할 시간이다. 나는 조용히 낙조 드리운 흐르는 강물에 삽을 씻는다.

바다가 어둠에 잡혀 먹혔다. 어둠의 촉수 드리우고, 희미한 불빛을 찾아 덤벼드는 불나방처럼 자신의 날개를 태우며 세월과 함께 기차는 달린다. 서러움을 이기지 못해 기적이 자맥질을 한다. 땅을 치는 통곡소리가 하늘까지 뻗치고 숲에선 밤의 요정들이 하나. 둘 어둠을 찾아 모여든다. 멀리서 소쩍새 우는 소리가 가슴을 메이게 한다. 바다도 어둠에 빠져 허우적거리며 숨죽여 침묵한다.

오직 살아 움직이는 것은 나, 그리고 하늘의 별들뿐이다. 스스로는 빛을 낼 수 없는 가여운 초승달이 온기마저 빼앗긴 채, 유성이 사라진 서쪽하늘에 초라하게 걸쳐 있다. 별들이 앙상한 나무 끝에서 널뛰기한다. 어두움만 난무하는 차창 밖으로 보이는 것은 칠 흙 같은 어두움뿐이다. 간간히 아스라이 보이는 것은 외롭게 졸고 있는 가로등들의 행렬뿐, 어두움을 빼면 빈 허공이다. 그 속에 내가 있다. 젊음은 이미 달리는 열차의 차창 밖으로 던져 버린 지 오래이고, 그곳에 물기 빠진 해면처럼 초라해진 내가 있음을 본다.

'나는 누구인가? 나는 어디서 왔다가 어디로 가는가?'

내 마음의 정원에서

그러나, 이런 생각도 잠시…, 불기마저 스러지는 삭정이는 간간히 불어
오는 바람에 가끔씩 반짝하곤 곧 스러진다.

나의 목적은 '밤 기차여행'이다.

시커먼 괴물 같은 바다를 뒤로 하고, 물에 떠있는 가마솥 부산을 출발하
여 동해선 무궁화호 열차에 몸을 맡긴 채, 오직 기차는 어둠속을 달린다.
밤의 요정에 홀려 하얗게 밤을 지새운다. 밤기차는 때때로 간이역에서 숨
을 고르며 기인 한숨을 내쉰다. 하얗게 입김이 허공에 부서진다. 잠을 청
해 보지만 예민해질 대로 예민해진 마음은 쉽게 잠을 이룰 수가 없다. 저
멀리 수평선 아스라이 한 가닥 불빛이 새초롬이 가물거린다. 저 멀리서,
늙은 어부들의 노래 소리가 들려온다. 만선의 노래 소리가 들린다.
　이때, 내 머리 위로 별똥별이 떨어진다. 돛대 위로 별똥별이 떨어진다.
곧 북극성이 곤두박질한다. 검은 바다가 춤을 춘다. 어부들의 노래 소리
가 들린다. 이때, 어부의 아내는 돌아올 남편을 기다리며 정성을 다해 서
둘러 밥을 짓는다. 포개진 검은 솥뚜껑에서 밥 익는 눈물방울이 방울방울
떨어진다. 밤을 밝히는 등대가 졸린 눈을 부릅뜨며, 차가워진 가을바다를
지킨다. 다시 바다 너머로 어부들의 노래 소리가 들려온다.

희미한 여명이 밝아 온다.

해가 영영 사라져 버린 줄 알았는데, 밤이 영원할 줄 알았는데, 또 다른
해가 떠오른다. 붉은 해가 솟아오른다. 서울을 기점으로, 정동 쪽인 '정동
진'의 해는 더 크고 더 붉은 듯하다. 나는 겨우 생수 물로 고양이 세수를
하고, 잠꼬대로 허기진 배를 채우는 친구를 협박하여 '정동진'에서 내리

니, 내 친구는 잔뜩 내민 입에 볼멘소리로 정동진에서 강릉까지의 요금을 현찰로 반환해 달라고, 역의 역무원과 실랑이한다. 그녀는 참으로 사리 밝고 경제적인 친구다. 난 그런 친구가 좋다. 내가 못하는 일을 내 친구는 능히 해내기 때문이다.

새벽 바다는 또 다른 세상의 문이다. 멸치가 수면 위를 날은다. 아마도 부지런한 사나운 물고기에게 쫓기는 듯하다. 백사장에 외롭게 서 있는 소나무 한 그루가 참으로 애처롭다. 그 소나무가 있어야 할 자리는 자기가 자라고, 친구들이 있는 산이다. 혼자서 바다를 벗하는, 한 그루 소나무가 참 안됐다는 생각이 든다. 모래시계 이야기가 서린 소나무의 기구한 삶이 주인공을 닮은 듯해서, 참으로 불쌍하다. 사랑하는 친구도 잃어버리고. 애초에 바람에 너무 멀리 날아와 잘못 떨어진 한 톨의 씨앗이었을까…! 정말 말할 수 없이 기구한 삶이다.

아직 새벽공기가 차다.

숨을 내쉴 때마다 하얀 입김이 내 안경에 서린다. 하지만 맑은 청량감 이 폐부 깊숙이 스며들고 찬 기운이 코끝에 알싸하게 퍼짐이 좋다. 이때, 내 전화벨 소리가 새벽공기를 헤집는다. 나의 오직 하나뿐인 혈육, 늘 애 잖은 내 딸의 안부 전화다. 내 사주에 역마살이 끼어, 이 나이에도 이렇게 애틋한 내 딸과 눈에 넣어도 아프지 않을 손녀를 멀리하고 혼자서 밤기차 를 타고, 돌아다닌다. 이제는 내 딸도 그러려니 한다. 에미의 역마살을 어 찌하랴! 그러나 미안함에 내 마음이 언짢다. 그러나 이제는 건널 수 없는 나의 일상이 되어 버린 일을, 그런대로 싫은 내색 아니 하고 이해해 주는 내 딸래미와 내 편을 들어 주는 듬직한 내 사위가 고맙다. 그 아이는 내 여

　　　　　　　　　　　　　　　　　　　　내 마음의 정원에서

행마다, 나에게 필요한 구급약을 빠짐없이 챙겨 주면서 무슨 생각을 하고 있을까…? 사실, 나는 걸어 다니는 '종합 병원'이다. 여러 번 병원에 입원을 하였고, 그럴 적마다, 내 딸은 울면서 나를 간호해서 내가 이만큼 살아 있는 것이다. 그런데도 그 역마살을 못 이겨, 이렇게 밤 여행을 하는 에미가 밉기도 할 것이다.

내 남편은 연애시절에 내게 "별도, 달도 다 따다 준다"고 큰 소리로 약속했는데, 그 약속은 이미 멀리 흘러간 강물이 되었다. 내 나이 37살에 나를 홀로 남겨 두고, 그는 저 먼 나라로 훌쩍 떠나 버리고, 나는 '청상과부'가 되어, 딸 하나를 기르며, 살아왔다. 그나마, 배운 것이 있어 다행이었다. 내 친정 어머니가 딸도 배워야 한다고, 그렇게 성화를 해서 할 수 없이 사범대학에 가고, '교사자격증'을 따 두었던 것이 결국, 나를 살린 셈이다. 나는 그저 한 남자의 아내로 가정이나 잘 꾸리며 살려고 했는데 말이다.

내 친구는 흥정이 잘되었는지 얼굴에 미소를 머금고 돌아왔다. 기차표를 반환은 못 해 주고, 기다렸다가 다음 차를 타고 다시 강릉으로 가면 된단다, 하면서 생면부지의 어느 인심 좋은 어부께서 잡아온 '멸치 회'를 조금 싸 주길래, 내 생각이 나서 가지고 왔단다. 이른 새벽 어느 누구 하고 딱히 먹을 수 없는 처지이기도 했지만, 그래도 고마운 마음에 감사하며, 몇 점을 먹어 보았다. 백사장에서 추위에 소름 돋아 부서지는 파도 소리를 들으며, 모처럼 먹어 보는 싱싱한 멸치 회 맛이 정말 감칠맛 나게 좋다. 백사장을 보다듬고 너울대는 파도는 바위에 부딪혀, 산산이 부서져 보라를 일으킨다. "처얼썩~" "쏴아~", 시퍼렇게 멍이든 파도소리의 애닮은 사연을 들으며, 아련히 흩어지는 하얀 물보라가 가슴을 뭉클하게 한다. 붉은 해가 공지선 사이로 한 발이나 올라왔다. 햇살이 쪼개진 사금파리 파편에 반사되어, 잔잔하게 부서져 내린다. 우리보다 일찍 다녀간 발자국 두 개가 나란히 모래사장에 찍혀 있다. 하나는 크고 다른 하나는 귀엽게 작은 모습이 앙중맞게 이쁘다. 아마도 젊은 연인들일 것이다.

갑자기 피로가 엄습해 온다.

눈꺼풀이 눈을 덮는다. 애써 정신을 차려 보지만 한번 쳐지기 시작한 눈꺼풀은 어찌할 수가 없다. 눈에 힘을 주고, 세게 문질러도 보지만, 도통 역부족이다. 어찌 천근만근의 눈꺼풀을 내 힘으로 지탱하랴. 졸음에 병든 내 눈꺼풀은 내 몸보다 수십 배 무거운 만근이니, 이 일을 어찌하랴!
내 손가락으로 눈꺼풀을 눌러 보니, 분명 한 개뿐인 해가 두 개로 보인다. 아…! 맛나게 한숨 자고 일어나니, 벌써 해가 중천이다.

서둘러 경포대를 거쳐, 주문진에 도착하여 사전에 연락된 친구 두 명과 합류하여 그녀들의 자동차로 갈 길을 서둘렀다.
잘 정돈된 일반 고속화 도로를 신나게 달려 '영월'에 도착하여 한숨 돌린다. 영월은 갖가지 슬픈 사연들이 유난히도 많은 고장이다. 단종의 열일곱 해의 슬픈 사연에 구름도 머물다 비를 뿌리고, 영월 읍을 둘러 싸고 있는 성삼문 봉, 박팽년 봉의 산 이름이 지나가는 길손의 눈시울을 붉히게 한다. 세조의 명을 받들어 사약을 가지고 내려가든 금부도사 '왕방연'의 시 한 수가 애달프다.

천만리 머나먼 길에 고운님 여의옵고
내 마음 둘 데 없어 냇가에 앉았으니
저 물도 내 안 같아야 울어 밤길 애놋다.

　　　　　　　　　내 마음의 정원에서

또한 영월은 천재 시인 김삿갓이 잠들어 있는 곳이기도 하다. 김 삿갓의 본명은 '김병연'이다. 안동 김씨의 세도가의 집안에서 양반중의 양반으로 태어났지만, 할아버지 김 의순의 관직 박탈된 인연으로 영월 깊은 산속에서 숨어 살면서, 어느 날 영월 지방 과거에 장원하게 된다. 후에 안 일이지만 자기 할아버지 김 의순을 탄핵하는 게 시제였다.

"아…! 어쩌랴" 사약을 받고 처형당하신 할아버지를 통렬히 손자인 김병연이 비판하였으니 어찌 하늘을 머리에 이고 다닐 수 있었으리요. 이리하여 평생 하늘을 볼 수가 없어 삿갓을 쓰고 일생을 마감한 천재시인 김삿갓의 슬픈 사연이 서린 곳이 영월이다.

죽장에 삿갓 쓰고 방랑 삼천리
흰 구름 뜬 고개 넘어 가는 객이 누구냐.
열두 대문 문간방에 걸식을 하며
술 한 잔에 시 한 수로 떠나가는 김삿갓.

애닯다. 어이 하랴! 이미 님은 가고 없는데.
나도 김삿갓이나 되었으면…! 하고 생각해 본다. 술 한 잔에 시 한 수로 떠나가는 김삿갓…! 이렇게 생각을 하며, 나는 혼자 웃음을 지어 본다. 차를 몰아 몰아, 채찍을 휘둘러, 달려와 집에 드니, 내 딸아이가 잠도 자지 않고 나를 기다리다가, 물끄러미 나를 쳐다만 본다. 딱히 할 말도 없고 그러는 내가 미운가 보다.

심신이 치친 몸을 누이니, 벌써 자정이 넘었다. 2박 3일의 가을 '밤 기차 여행'으로, 나는 이렇게 심신에 지친 내 가을 병을 치료했다. 가을의 아픔을 이겨낸 묘약 한 첩 잘 먹었다.

이제는 꽃피는 봄이 올 때까지는 역마살이 도지는 일은 없을 것이다. 나는 그동안 열심히 손녀를 돌봐 주며, 맛있는 반찬도 해 먹이면서, 내 딸 눈에 들어 두어야 하겠다. 사위를 위해서 맛난 김치도 담궈야 하겠지. 그 아이들의 눈 밖에 나서, 나를 못 나가게 하면 내 '역마병'은 치료할 곳이 없기 때문이다.

내일부터 바빠질 생각을 하니, 나는 절로 신이 난다.

   내 마음의 정원에서

에세이 소설 단편: 나의 밤 기차여행 2

에세이 소설 단편: 나의 밤 기차여행 2

이렇게 나는 또 한 번, 대전행 기차를 탔다.

누구나 바쁜 아침, 각자의 이유로 달려가는
그 틈에서 나는 잠시 걸음을 늦춘다.
슬며시 옆 사람을 바라보고, 먼 창밖을 바라보며
내가 살아온 길을 되짚는다.
누군가는 앞으로, 누군가는 돌아가고,
누군가는 잠시 머물다 간다.
그 속에서 나도 나만의 속도로,
나만의 이유로 이 여행을 계속할 뿐이다.

다음 역, 그곳이 어디든…

2월 말의 밤이 지나고 있다.

하얀 새벽이 길게 하품을 한다. 빨아 널은 붓끝에서 나오는 얼어붙은 검회색 구름이, 저 붉은 아침 해를 이불로 덮었다.

새벽을 여는 사람들… 희미한 대전역 관제탑 조명에 부엉이 눈을 밝히며, 물건을 사려는 사람들과 팔려는 사람들로 역이 북적거린다. 나는 이럴 때, 내가 살아 있음을 느낀다.

대청호 어부동에서 갓 잡아온 겨울 민물새우 '토하'가 허리를 구부린 채, 두고 온 고향 '대청호'로 가기 위해 긴 더듬이를 세우고 거리측정을 한다. 초입에 난전을 연, 팔십다섯 이빨 빠진 꼬부랑 할머니. 그러나 돈 셈은 나보다 고수다. '무엇이든, 하면 되는구나' 라고 기가 빠진 나는 혼자 생각해 본다. 이 산골 마을에서 마을 사람들이 채취한 갖가지 산약초를 판매해 주고, 얻는 유통마진이 그들의 수익이다. 이곳의 유통사업 사장님이신 팔십이 되어 보이시는 할아버지시다. 나는 물건을 몇 개 사고, 그들에게 공손히 인사를 한다.

"할머니, 할아버지, 고맙습니다."

부산행 새벽열차 무궁화호
대전 발 06시 25분 부산 09시 54분 도착.

저 멀리에서 기차 안내방송이 들리고, 나는 급히 기차 칸에 오른다. 텅 빈 4호차에 오직 나 혼자다. 어쩌다 보니 나 혼자 내 전용 칸이다. 그래도 재수가 좋으면 무궁화호 한 칸은 내 전용 칸이 되니 오늘은 억세게 재수 좋은 날이다. 차창 밖으로 비치는 눈 쌓인 순백의 풍경이 황홀하다. 굽이 쳐 흐르는 강물도 얼어 눈이 소복하니 쌓였다. 네온 싸인의 향락에 찌든 도시보단 고요하되 깨끗하고, 서두르지 아니해도 오차 없이 흘러가는 세월의 느낌을 잊어서 좋고, 평야, 산, 나무, 들판, 북적이는 도시의 풍광, 순간적으로 바뀌는 창밖의 화면이 너무 좋다.

불어오는 북서풍에 얼어붙은 강산은 지난 가을날 손톱에 피멍 들어 장만한 이불을 덥고 긴 잠속이다. 바쁜 다람쥐 한 쌍도 감추어 둔 밤 한 톨도 잊고 잠이 들었다. 가까이 금오산이 겨울 운무 속에 조용히 기지개를 켠다. 구미 금오산(金烏山) 은 황금 까마귀 산이고, 경주 남산의 금오산(金鰲山)은 황금자라산이다. 지명에 얽힌 신기한 통찰력과 미래에 대한 예언

                                   내 마음의 정원에서

력은 몸서리치도록 무섭다. 달구벌 대구는 팔공산 갓바위 부처님이 근엄하시니, 왠지 내가 근접하기 어렵다. 을사년 정초 낙동강 칠백리가 뱀처럼 길게 굽이친다.

'오리알을 주어다 부화시키면 푸른 오리가 나오려나!'

나 홀로 우스운 생각을 하다 보니, 어느새 멸치가 굼실대는 부산을 향해서 기차는 간다. 대구부터는 바쁜 사람들의 행렬로 발 디딜 틈 없이 밀물처럼 내 전세 칸에 사람들로 꽉 찬다. 오늘 새벽부터 부산을 떨었더니, 급 피곤이 몰려온다. 나는 잠시 등을 기대고 잠을 청한다. 잠결에도 생각을 해 본다. 오늘은 자갈치시장에서 무얼 먹을까? 돼지국밥? 전어구이? 활어? 문어? 고래고기? 그곳의 검게 그을린 상인들은 큰 소리로 외치리라.

"사이소. 예?"
"먹어 보이소?"
"함 와 보이소."

그러면, 나는 못 이긴 척하고, 제일 나를 애타게 불러 세우는 한 아낙에게 못 이기는 척, 이끌려 가서 그 중, 제일 맛있는 것으로 골라 먹자. 눈으로 요기하고, 입으로도 맛보고, 생각으로도 음미해 본다. 이런 상상은 정말 즐겁고, 재미있는 일이 아닐 수 없다.

나의 다음 목적지는 오륙도를 끼고 도는 바닷길,

바로 '이기대 별장 길'이다. 부산의 해안 산책로는 대체로 아름답지만,

특히 이 길을 나는 좋아한다. 바닷가 해안선을 쭉 끼고 도는 이곳은 그다지 부담이 되지 않는 잔잔한 길이어서 좋고, 쉴 새 없이 출렁이는 바다 파도 소리를 들으며 걷는 것만으로도, 눈과 귀가, 도심에 찌들었던 내마음이 다 시원하게 힐링되는 곳이다. 이 길은 부산의 '갈맷길'과 '해파랑길'에도 속해 있어, 뚜벅이 길로도 유명하다지. 보랏빛 이름없는 들꽃이 바닷가에 애처로이 피어 있는데, 나는 문득, 나의 첫사랑이었던, '고교동창 J' 생각이 났다.

　　그녀도 이렇게 보랏빛 색의 들꽃을 좋아했었지. 부산은 나의 친한 친구, J와의 추억이 깃든 곳이어서 나는 더더욱 부산의 시장과 부산의 해안길에

　　　　　　　　　　　　　　　　　　　　　내 마음의 정원에서

애착이 가는지도 모르겠다. 이젠 하늘의 별이 된, 그녀…! 풍랑이 몹시 치던 날, 그녀는 홀로 부산에 와서 이렇게 시퍼렇게 출렁이는 바다에 몸을 던져, 외로운 동백 섬의 인어 친구가 되고 말았다.

한참 바쁜 삶을 살아내던 30대 초반이어서, 우리 친구들은 그녀의 장례에 경황이 없이 참석했었던 기억이 난다. 무엇이 그리도 그녀를 힘들게 했던가? 그녀의 남자친구가 그녀를 배신하고, 다른 돈 많은 집 딸과 결혼했다는 소문만 들릴 뿐이었다.

내일이 마침 3월 1일이다.

'날이 밝으면 천안의 독립기념관으로 가볼까?' 하는 생각에 급히 기차 안에서 목적지를 정해 본다. 거기 가면, 왜놈들의 총칼 앞에 숨진 수많은 우리 동포들의 간절한 외침을 들을 수 있으려나…?

마침 올해는 구정과 3.1일이 맞닿아 있어서, 긴 연휴가 생겼고 내 친구들은 가까운 해외로 나간다고 난리였다. 딸 내외도 나에게 근처 바닷가의 펜션에서 몇 박이라도 하자고 청하였지만, 나는 굳이 몇 년 전 소천하신 대전의 빈 어머니집을 찾으려고, 새벽부터 서둘러 대전행 기차를 타고 가고 있다. 모든 것이 다 그대로인데, 어머니가 안 계신 설 명절이 이렇듯 쓸쓸할 줄은 짐작하지 못하였다.

나는 오랜만에 방문한 내 늙은 어머니의 손때 묻은 책장에서, 옛날 앨범의 사진을 들춰 보다가, 그중에서 어머니의 고왔던 젊은 시절, '사진 한 장'을 내 품에 고이 안고, 마치 어머니가 계신 것처럼 뒤돌아보며, 인사를 드렸다. 그리고 나는 다시 역전으로 향했다. 나는 갈길 바쁜 사람들 틈에 끼어, '천안 행'전철을 탔다.

전철 안은 아직 피곤을 털어내지 못한 사람들을 가득히 태우고 출발하였다. 나도 사람들 틈에 끼어 이어폰을 꺼낸다. 울적한 마음을 지우는 방법 중 최고의 처방은 '남의 노래'를 아무 생각 없이 듣는 것이다. 대전역을 출발한 전철은 사람들로 시달렸고, 나는 귀에 걸친 이어폰을 뺐다. 노약자석의 오른쪽 끝에 아주 연로하신 우리 어머니 뻘 되신 한 할머니가 서 계시고, 그 앞에 약간 술에 취한 듯 보이는 40대 중반에 건장한 남자와 여자분이 목소리를 높이고 있었다. 그 젊은이의 말은 술기가 남아 있어, 차는 놀이터 근처에 두고 전철을 타고 간다는 이야기 같았다. 내가 전철을 타고 다니는 사람이 아니란 뜻을 강변하는 듯했다.

그때 옆에 서서 가시던 한 젊은 할머니가 웃으면서 그 젊은이들에게, "저 할머니께서 힘드시게 서서 가시니, 자리를 양보하면 어떠냐?"라고 하시니, 그 말씀이 끝나기도 전에 그들은 호령하듯, "할머니! 돈 내고 타셨어요? 돈 내고 타고 가는 우리에게 자리 양보하라 하시면 안 되지요. 아무 소리 마시고 조용히 가세용!" 나는 이렇게 큰소리치는 그들의 음성을 들은 나의 귀를 의심하며, 그들을 멍하니 바라보았다.

'이럴 때 난 무얼 어찌해야 되나?'

가만히 서서 바라만 보자니, 저 젊은이들에게 자리 양보를 말씀하신 할머니가 얼마나 민망하고, 수치스러우셨을까? 그런데 그들의 말이 내가 잘못한 일도 아니건만, 괜히 자괴감이 들고 자존심을 흔들어 댔다.

 내 마음의 정원에서

'그래~ 네가 덤비면 나도 절대 가만있지 않으련다.' 나는 두 주먹을 불끈
쥐고, 그러면서 응원군을 청하듯이 혼잣말을 한다. "에휴, 저런…! 누가
좀 말이라도 주면, 좋으련만."

바로 그때였다.

옆에서 조용히 가시던 한 할아버지가 크게 말씀하신다.

"젊은이 몇 살이야? 응? 몇 살 먹었냐고?"

그들이 반쯤 몸을 세우며 싸울 기세로, "나이를 알아서 뭘 하냐"며 맞받아친다. 그 할아버지는 앉아 있는 그들의 머리 위에서 웅변처럼 내질렀다.

"우리가 돈이 없어 지하철 공짜로 타는 줄 알아? 젊은이 태어나기도 전에 목숨 걸고 월남전에 참전했고, 사막의 나라 중동의 공사판도 질통지고, 뛰어다녔으며, 아무리 힘들어도 세금 한 번도 떼먹은 일 없어. 긴 세월 묵묵히 허리띠 졸라 가며 여기 계신 어르신들의 땀으로 이루어 놓은 나라가 지금의 우리나라야. 군사력 세계 6위, 경제력은 일본도 뛰어 넘었잖아? 응? 이 모든 것이 잠 안 자고, 배고픔 견디어 내며, 지금의 대한민국은 이 어르신들의 힘으로 만들어진 거야! 이제 나이가 들어 지하철 무료로 탄 것이 젊은이가 화낼 일인가?"

이때, 우리의 다툼을 말리듯, 전철이 '○○역'에 도착한다는 안내가 나오자, 그들이 궁시렁대며 내리면서, 오늘 재수 없단다. 함께 있던 여자가 내리면서, 한마디 한다. "그만 좀 땍땍거리세요!" 화가 덜 풀린 할아버지께서 웅변하듯이 소리쳤다. "뭐라구? 땍땍이라니? 세상을 그렇게 살면 안 돼! 왜 그러고 살아? 응??"

할아버지는 모두 들으라는 듯이 소리쳤다.

"경로석에 앉았다고 우습게 보지 마! 여기 계신 어르신들이 실질적인 애국자이셔~" 할아버지의 말은 지하철을 내리는 그들의 등뒤에서 요란하게 퍼졌다. 다시 열차가 출발하고, 할아버지는 사람들의 시선을 느끼며, 다시 모자를 바로 쓰시고 가신다. 아마도 〈독립 기념관〉에 가시는 어르신인가 보다. 나는 모른 척, 귀에 다시 이어폰을 꼈다.

  　　　　　　　　　　　　　　　　　　　　　　　　내 마음의 정원에서

'이럴 때는 음악을 듣는 게 최고지."

　그리고 구름처럼 떠가는 전철은, 창밖의 내리는 눈을 빠르게 가르고 있었다. 처음 젊은이들에게 무안을 당했던 어르신께는 내가 말씀드렸다.
　"어르신, 너무 노여워 마세요! 모든 젊은 사람들이 다 그런 것은 아니니까요?"

　그분은 알았다는 듯이, 아니면 나에게 마음 쓰지 말라는 뜻인지, 말없이 고개를 끄덕이셨다. 창밖의 눈발이 점점 세어지고 있었다. 나는 독립기념관 앞에서 내리며, 혼자 따스한 커피를 마시고 싶다는 생각을 한다.

　"아… 저분께도 커피라도 한잔하시자고 권할걸."

　이렇게 눈이 많이 오는 날, 독립기념관안의 고즈넉한 커피점은 얼마나 좋을 것인가? 나는 이미 그분들과 동지애로 묶여진 느낌마저 들었다.

단편 소설: 내 아버지의 낡은 태극기

단편 소설: 내 아버지의 낡은 태극기

저녁 어스름이 내려앉은 거실의 한 모퉁이.

포근한 조명 아래, 따뜻한 된장찌개 냄새가 채 가시지 않은 식탁에 딸아이가 앉아 말했다.

"아빠, 내일부터 삼일절 연휴잖아. 친구들이랑 일본여행 가기로 했어. 교토에 벚꽃도 피기 시작했대!"

그 말에 수저를 놓은 나는 한동안 입을 열지 못했다. 벽 너머 텔레비전에서 흘러나오던 뉴스 소리만이 방 안을 메우고 있었다. 한참을 그렇게 있다가, 나는 조용히, 그러나 단호하게 말했다.

"굳이 일본에 가고 싶다면… 대마도나 가거라."

딸아이는 눈을 동그랗게 뜨며 웃는다. "왜요? 대마도는 왜요? 벚꽃도 없고, 뭐 볼 것도 별로 없는데?" 나는 잠시 눈을 감았다 떴다. 오래 전 기억 속을 헤집듯, 깊은 숨을 내쉬며 말했다.

"그곳은… 원래 우리 땅이었어. 통일신라 시절부터, 조선시대 내내. 경상도 관찰사 관할 아래에 있었지. 그런데 지금은 일본 땅으로 되어 버렸고, 아무 말도 못 하고 있지. 그저 빼앗긴 땅이라는 사실만 남은 채…."

딸아이는 한순간 멋쩍은 표정으로 물었다.

"근데, 아빠. 왜 그냥 돌려 달라고 못 해요? 역사적 증거도 있다면서요?" 나는 잠시 입술을 굳게 다물었다. 그리고 천천히, 무겁게 말했다.

"우리가 살아가면서 가장 서러운 게 뭔 줄 아니?" 딸은 잠시 생각하다가 말했다.

"음… 몸 아픈 거? 돈 없는 거? 아니면… 부모 잃은 거?"

　　　　　　　　　　　　　　　　내 마음의 정원에서

나는 조용히 고개를 저었다.

"아니야. 그런 슬픔은 누구나 견딜 수 있어. 시간이 지나면 옅어지고, 때로는 이겨내기도 하지.
그런데… 나라를 빼앗기는 일은 달라. 그건… 모든 걸 빼앗기는 거야. 말도, 글도, 이름도, 기억도. 숨 쉬는 것조차 죄가 되던 시절이 있었단다."
딸은 말없이 내 얼굴을 바라보았다. 그 눈동자에 처음으로 질문 대신 무거운 호기심이 담겨 있었다. 나는 낮은 목소리로 말을 이었다.
"얼마 전, 유관순 열사 영화 다시 봤다. 다 봐 놓고도 끝내 울음을 참을 수가 없었어. 물론… 고문 장면이 끔찍해서가 아니야. 그 열여덟 살짜리 소녀가 죽음을 앞두고도 고개를 들고, 당당하게 '대한독립만세'를 외쳤다는 그 사실… 그게 나를 울게 했지."

나는 테이블 위에 놓인 찻잔을 바라보며 말했다.

"그 시절의 사람들은 가난해서, 무식해서, 무기가 없어서 졌던 게 아니야. 그들은… 나라가 없다는 절망을 가장 잘 알았고, 그래서 목숨보다 소중한 게 있다는 걸 보여 주었지."
딸아이는 어느새 조용해져 있었다. 나는 한참을 뜸 들인 뒤 다시 말을 이었다.

"열여덟, 유관순. 네 나이쯤 되었을 때지. 차디찬 형무소에서 손톱이 다 빠지고, 코와 귀가 잘려 나가고, 뼈가 부러지는 고통을 겪고도… 그 아이는 끝까지 무릎 꿇지 않았어. 그 아이가 말했단다. '이 고통은 견딜 수 있지만, 나라 잃은 슬픔은 견딜 수 없다'고…"

나는 다시 숨을 고르며, 저 마루 한쪽 장롱을 열었다.

오래된 나무함 속에 고이 접힌 태극기를 꺼냈다. 이 태극기는 내 할아버지의 유품이다. 늘 국가의 기념일마다 할아버지는 이 국기를 소중히 간직하시다가, 경건한 마음으로 게양하시었다. 그러다가 아버지에게로, 다시 나에게로 넘겨진 이 국기는 노랗게 바랜 그 천 위에 피 묻은 붓으로 쓴 듯 선명한 태극 문양. 나는 손끝으로 그 붉고 푸른 물결을 쓸었다.

"네가 누리고 있는 평화와 자유는, 그냥 얻어진 게 아니야. 누군가의 피, 누군가의 희생이 있었기에 가능한 거야. 여행, 좋지. 벚꽃, 예쁘지. 하지

                          내 마음의 정원에서

만, 잊지는 말아야 해. 네가 그 땅을 밟는 순간, 조국의 역사도 함께 짊어지는 거란 걸.”

딸은 아무 말 없이 고개를 끄덕였다. 그리고 조용히 일어나 현관으로 향했다. 나는 그 뒷모습을 바라보며 중얼거렸다.

“괜찮다. 넌 밟히고 짓밟혀도 다시 피어나는, 대한의 딸이니까.”
이제 딸이 친구들과의 약속으로 떠난 집 안은 너무도 고요했다.
나는 천천히 태극기를 다시 접었다. 아버지와 할아버지의 숨결을 느끼면서, 그 손끝으로 조국의 숨결을 어루만지듯 조심스레, 아주 조심스레….

내 눈가에는 할아버지, 아버지의 대한 그리움과 내 나라애 대한 뜨거운 마음으로 알지 못할 눈물이 스르르 맺히는 것이었다.

단편 소설: 지리산 천년송의 이야기

단편 소설: 지리산 천년송의 이야기

나는 모든 조선 팔도의 나무들이 추앙하는 바로 '백두산의 천년 송'이다.

나는 백두산 천지가 고향인 내 할아버지 등에 업힌 채, 어느 큰 바람에 실려 이끼 낀 천년 바위 옆, 여기 지리산에 터를 잡았다. 순전히 나의 의도와는 무관한 삶이 시작되었다. 사람들은 나를 '천년송'이라며, 귀하게 대접을 했다. 먼저 자리를 잡은 주위의 친구들도 나에게 깍듯이 인사를 한다.
그때는 호랑이도 놀러오고, 길 가던 나그네가 내 그늘에 쉬어 가기도 했다. 지금에 와서 나의 이야기를 들어 주는 사람이나 이 글을 읽는 사람들의 할아버지, 아니면, 그 할아버지의 아버지 시대의 이야기를 들려 주는 것임을 알고 들어 주길 바란다.

나는 동학 농민혁명이 일어나고, 삼천리가 핏빛으로 온통 불타고 녹두꽃이 떨어져 청포장수 울고 갈 때, 그때 내 나이가 쉰 살이었다. 파랑새가 내 품에 깃을 드리우고, 하얀 백로가 한 살림을 차려 이른 아침, 고단한 몸을 이끌고 퍼지는 햇살을 따라 일하러 갈 때 나는 똑똑히 보았다.

파아란 녹두꽃이 떨어진 삼천리는 흐느끼고 있었음을…, 그때 삼천리는 갈가리 찢긴 채 숨도 쉬지 못했다. 나라 팔아먹은 도적들이 삼천리를 호령했다. 이 나라는 왜놈들 세상이 되었다. 북간도로 떠난 아버지를, 남편을, 기다리다 지쳐, 내 가지에 목을 매는 사람들도 있었다. '아…! 그때 나에게 움직일 수 있는 손이 있었다면…!' 나를 이렇게 한곳에만 징역을 살리는 조물주를 원망했다. 참으로 어처구니없는 가당치도 아니한 나의 허구임을 알지만, 그때는 내 속이 정말 환장하도록 막막했다. 왜놈들의 송진 공출로 인해 내 몸은 칼자국으로 한 군데 성한 곳이 없었다. 그러다가 드디어 해방이 되었다. 그땐 나도 웃었다. 좋아서, 너무 좋아서 한참을

   내 마음의 정원에서

웃었다. 기가 막히게 좋아서 웃었다.

‘오래 살다 보니 이리 좋은 일도 생기는구나’ 하고 웃었다. 그러나 웃음도 잠시, 저녁이면 불쌍한 소작농민들이 너댓 명씩 모여 내 가지를 꺾어 불을 지피면서, 지주들을 저주하고 하루 저녁이면 수십 번씩 가진 자를 지주라는 이름으로 공론하여 입(口) 화살로 죽이곤 했다. 도곳대로 하늘 치받는 아픔이고 서러움이었다. “이제 겨우 나라는 되찾았는데, 왜놈들 세상보다 더 하면 더했지, 못한 놈의 세상이라고.” 말로 떡을 하면 조선사람 모두가 먹고도 남지만, 배가 부르지 않은 것이 문제였다.

낮이 되면 지주들이 모여 내 발밑에 가래침을 뱉으면서 소작농 길들일 궁리에 해는 서산에 기운다. 세상은 가진 자인 지주들의 세상이었다. 토지개혁이, 유상 토지개혁이 하루아침에 단행되었다. 소작농민들은 아연했다. “다 같이 잘사는 세상이 열릴 줄 알았는데… 무상 토지개혁으로 이젠 소작을 면하길 돌아가신 할아버지가 살아오실 만큼이나 절실하게 내 땅 한 평 가져 볼 기대에 부풀었는데… 온갖 정성을 다해 칠성님께 성주님께 성황당님께 빌고 또 빌었는데… 어디 돈이 있어 내 땅을 산단 말인가?” 그야말로 큰일이다. 당장에 먹고살 일이 막막하다. 그들의 눈물 젖은 보릿고개…, 4월의 하늘은 뿌옇고 노랬다. 서서히 부황끼 들어가는 노부모, 마누라, 자식들을 생각하니 눈이 뒤집힌다.

가슴에 불길이 인다. 사람들은 언제부터인가 내 몸에 또 다시 칼을 대기 시작했다. 사람들이 모여들어 앙상해진 내 살점을 뜯고 내 가죽을 벗기기 시작했다.

왜놈들 세상에서는 송진공출로 나에게 칼을 들이대더니 이젠 식구들

목숨줄 잇는 궁여지책으로 내 아물어 가는 생채기에 칼을 들이대고 있었다. 그러나, 나는 "악" 소리는 고사하고, 신음소리 한번 내지 못했다. "어쩌랴~". 나로 인해 이 땅에 헐벗고 불쌍한 백성들이 보릿고개만 무사히 죽지 않고 생목숨 부지할 수만 있다면, 내 무엇이 아까우랴…! 나는 너무 서러워 하늘을 원망하고, 내 태어남을 원망했고, 이 풍진 세상을 원망하면서, 끝내 펑펑 울고 말았다. 이 땅의 고난받는 백성들이 하도 불쌍해서 펑펑 울었다.

아니, 이게 웬일인가? 이세상에는 난생 처음 들어보는 우익이 생겨나고 좌익이 생겨났다. 양반과 쌍놈. 지주와 소작인. 민주주의와 공산당. 미국과 쏘련. 우익과 좌익. 더는 견딜 수가 없어서 지리산으로 들어간 놈은 빨갱이가 되었다. 남은 놈들은 무슨무슨 위원회 하면서 남은 놈들끼리 서로 또 싸웠다. 친구들끼리 형제간끼리 서로 죽이고 죽는 생지옥이 이 땅을 피로 물들이고 있었다. 모두 미쳤다. 눈에 광기가 흐른다. 까만 눈동자가 푸른빛으로 희번득거린다.

피! 피! 피는 피를 부르고 있었다.

그때엔 나도 밤이면 무서워 숨죽여 눈물 흘리고 있었다. 그러기를 몇 해. 드디어 피에 굶주린 칼이 춤을 추기 시작했다. 둘로 쪼개진 형제끼리 피를 부르는 전쟁이 터졌다. 세계지도 속에 손가락 반마디도 아니 되는 이 땅에서 서로 피를 부르고 있었다. 한번 피를 부르기 시작한 칼은. 피의 비릿한 더운 맛에 길들어 가는 칼은, 멈출 줄 모르고 삼천리에 피를 부르고, 피를 뿌리고 있었다. 그래서 유독 6월의 이 땅엔 핏빛 닮은 붉은 꽃이 지천으로 피어남을 나는 안다.

　　　　　　　　　　　　　　　　　　　내 마음의 정원에서

세상은 그렇게 도도한 물결처럼 쉼 없이 때론 느리게 때론 빠르게 굽이 치면서 구비구비 격정적으로 흐르고 흘렀다. 누누이 이 땅에서 살아가는 모든 것은 아직도 아물지 않은 아픔을 인내하면서 살아가고 있다. 이 땅에서 살아가는 모든 것은 미친 칼날에서 붉은 피 뚝뚝 떨어지는 아픔을 망각 속에 묻으려 안간힘을 쓰면서 살아가고 있다. 이젠 더 이상 과욕의 촉수를 접어야 한다. 망각의 더듬이를 접고 더 넓은 세상으로 나가야 할 때이다. 나는 안다. 이 땅에 흘린 한 방울의 피가 얼마나 값지고 고귀한 것인가를…, 지난 세월을 묻어는 둘 망정 결코 잊어서는 아니 됨을….

비 내리는 골짜기에서 한이 깊어 하늘로 올라가 별이 된 구천을 떠도는 영혼들을 불러 모아 흐르는 계곡물에 한을 씻기고, 그들의 충정에 머리 숙여 감사해야 한다. 얼마 전부터 재 넘어 피아골에 6.25 난리 때 새 살림을 내준 자식들에게 가 봐야겠다는 생각이 부쩍 든다. 이제는 나도 백하고 칠십 해를 살았다. 그새 녹두꽃도 피어났고, 파랑새도 날아왔다. 얼마나 많은 세월이었던가? 이제는 나도 쉬고 싶다.

저 멀리서 산 까치가 운다.

구름이 바쁘게 지나면서 비를 뿌려 나에게 아는 체를 한다. '하…! 나도 많이 살았구나. 하지만 이것만은 보고 죽어야 할 터인데… 우리 조선반도가 내 태어날 때처럼 하나로 되는 것이, 내 마지막 소원인 것을…' 아마도 그 감격의 날을 보지 못하고 죽을 듯하다. 그 몹쓸병이 도져 또 이 강산이 또다시 피를 부르는 듯하다. 아…! 어쩌란 말인가? 이 고질병을 고칠 명의는 이 땅엔 정녕 없는가? 반쪽끼리 또 반쪽끼리 싸우는 게 이골이 났는지 너무 심하다. 찾아야 할 우리 땅 백두산 넘어 드넓은 땅이 우리를 부르는

데 우리는 왜 우리 선조들이 이룩해 놓은 지금은 잃어버린 땅을 외면하고 우리끼리 지지고 볶으면서 살아가야 하는가? 동남풍은 우리나라에도 동지 즈음해서 부는데, 이상하게 올해는 바람도 없었다.

지난밤에 이상하게 나의 마음이 요동치고, 꿈에 아버지의 모습이 보이더니, 오늘 새벽 시끄러운 소리에 눈을 떴다. 10여 명의 사람들이 내 가장 굵은 가지에 줄을 매달고 나를 묶기 시작한다. 나는 꽁꽁 묶여서 옴짝달싹도 못하게 되었다. 그때, 저 아래에서 "부릉부릉" 큰 소리가 울리더니, 한사람이 그 큰 톱을 울러매고, 내 가지를 타고 오른다.

"아… 오늘이 그날이로구나!"

얼마전 등산 온 사람들의 이야기로 듣고 알았다. 숭례문이 불에 타서, 다시 재건한다고 하더니… 내가 거기로 갈 모양이다. 나는 서글프면서도, 기뻤다.

'이제 내 아버지, 할아버지의 가신 길을 나도 가는구나! 우리나라 국보인, '숭례문'의 어딘가에서 내가 쓰임을 받는다니… 영광스러운 길이 아닌가?'

그러나, 내 옆의 친구들에게 인사조차 하지 못하고 떠날 길이 아쉬웠다. 내가 마음을 가다듬자, 나의 몸은 가벼워졌다. 나는 온 산이 울리도록, "쿵" 큰 소리를 내며, 이내 옆으로 쓰러졌다. 내 몸은 4등분으로 나뉘어 큰 차에 실려 간다. 내 뿌리는 다음 날, 인부들이 와서, 파내어 간다고 한다. 이왕이면, 인근의 '수목원' 같은 데에 갔으면, 하는 내 바램을 그들이 들어줄까?

                                    내 마음의 정원에서

나는 밤새 큰 트럭에 실려 가는데, 그만 정신이 혼미해진다. 목도 마르고, 차가 흔들려서 더욱 정신이 없다. 이제 곧 새벽이면, 나의 마음속의 고향을 바라보며, 나는' 숭례문'의 어딘가에서 내 나라의 안녕을 빌며, 그 자리에서 굳건히 서 있을 것이다. 나는 혼신을 힘을 다해 마지막으로 내 소원을 하늘을 향해, 이 땅의 사람들에게 간절히 말해 보았다.

"그리운 내 조국의 숨결이여,

나는 지금도 지리산 자락에서 흐르는 바람결에 너희들의 한숨을 듣고 있다. 분단의 상처는 여전히 깊지만, 그 상처 위에도 꽃은 피고, 아이들은 웃는다.
나는 안다. 그 작은 웃음이 언젠가 큰 바람이 되어, 이 땅을 하나로 잇게 될 것을…

숭례문 기둥으로 다시 태어날 내 몸은 그 자리에 서서 묵묵히 지켜볼 것이다. 아무도 쓰러뜨릴 수 없는 시간과 뿌리의 힘을 믿으며. 그러니, 싸우지 말고, 더는 피를 부르지 말고, 서로의 손을 잡아다오.

그것이 이 땅을 지키며 살아온 내 마지막 소원이다. "

내가 하직의 인사를 채 마치기도 전에, 나는 그만 정신을 잃고 말았다. 저 멀리서 나의 아버지, 할아버지가 손을 흔들며 나를 기다리신다. 늘 그립고, 그립던 내 마음 속 고향! 이제 나도, 나도, 드디어 그곳에 가려는가?

아…! 이것이 눈물인지, 빗줄기인지…, 내 눈앞에 펼쳐지는 풍경들이
뿌옇다.

                                        내 마음의 정원에서

The Tale of the Thousand-Year Pine of Jirisan

I am the one known as the "Thousand-Year Pine," revered by all the trees across the Eight Provinces of old Joseon.

Born upon the back of my grandfather, whose home was the crystal waters of Baek Dusan, I was swept by a mighty wind and planted beside a moss-covered, ancient stone here in Jirisan. My life began without any intention of my own, yet people treated me as a sacred being- "the thousand-year-old pine." Even the trees that rooted here before me greeted me with utmost respect.

In those days, tigers would visit for shade, and weary travelers would rest beneath my boughs. Now, as you listen to my tale, I know that I speak not just to you, but to the grandfathers and great-grandfathers of those who lend their ear to these words.

I was fifty years old when the Donghak Peasant Revolution swept the land. I watched blue-green mung bean blossoms fall, rivers of blood flowing across Samcheolli, the peddlers mourning. The land was torn to shreds, unable even to breathe. Thieves who sold out the country reigned; the land became the world of the Japanese. Some, waiting for their loved ones lost to Manchuria, or their husbands, or their fathers, came to my branches in despair, tying their lives to my limbs. If only I'd had arms to reach out, if only I could move! I cursed the Creator for rooting me in this one place, a prisoner to time. I know how absurd such a wish is, but then, my heart was truly wrenched and helpless. My bark was scarred by the knives of those who harvested my sap for the Japanese, and no part of my body was untouched.

But then, at last, liberation came. I laughed and laughed with joy-I had lived long enough to see such a day! Yet that joy was brief. As night fell, poor tenant farmers would gather at my feet, snapping off my branches to stoke their fires, cursing the landlords, speaking death by words. The pain was a knife in the sky, the sorrow unbearable. "Now that the country is free, why is this land no better, perhaps worse, than before?" They spoke. The country might be free, but their bellies were not full.

By day, the landlords would gather at my roots, spitting as they schemed how to tame the peasants. The world belonged to those with power. Then, one day, land reform came, and the peasants dreamed they might finally own a piece of earth. But how could they buy land with money they did not have? Their hope turned to despair, and hunger haunted their homes.

Again, knives came to my trunk, this time not for the enemy, but to help people survive the lean years. I never cried out in pain, for if my wounds could keep a single family alive through the barley-hungry spring, what did it matter? I lamented my fate, the stormy world, and wept for the suffering of these people.

But then came a new madness-right and left, noble and lowborn, landlord and tenant, democracy and communism, America and Soviet Russia. Some fled to Jirisan to become outlaws, others formed committees and fought among themselves. Brothers killed brothers, friends slaughtered friends, and the land flowed with blood. My heart trembled with fear each night. The knives, addicted to blood, would not stop, and I watched as the land blossomed with blood-red flowers every June.

Time flowed in relentless waves-sometimes slow, sometimes wild-yet all who survived here endured wounds that would not heal. They tried to bury the pain, but I know: every drop of blood spilled here was precious and must not be forgotten.

From the valleys where rain falls, we must call the souls of the dead, wash their sorrow in the streams, and bow our heads in gratitude for their sacrifice. Lately, I have thought often of visiting my offspring in Piagol, where new roots were put down after the war. I have lived for one hundred and seventy years. The blue birds have come and gone, and the mung bean flowers bloom again. How many years have I seen?

But now, one morning, I awoke to loud voices-ten men tying ropes to my thickest branch. With a great saw, a man climbed up to cut me down.

Ah, today is the day.

I knew from the talk of passing hikers-Sungnyemun Gate burned, and they need wood to rebuild. It seems I am going there. I feel a strange mix of sorrow and pride: to serve as a pillar for the nation's treasure, Sungnyemun, as my ancestors did before what an honor.

Yet I wish I could bid farewell to my friends, the trees of this mountain. My body felt light as I prepared for this journey. With a thunderous crash, I fell to the earth, my trunk divided into four and loaded onto a great truck. My roots would be dug up soon, perhaps replanted in a nearby arboretum-one can only hope.

All night the truck rumbled, and my mind blurred, my throat parched, my spirit fading. Soon, as dawn breaks, I will stand somewhere within Sungnyemun, praying for my country's peace, steadfast as ever. With my last strength, I whispered my wish to heaven, to the people of this land:

"Oh, breath of my beloved homeland,

Even now, in the breezes of Jirisan, I hear your sighs. The scars of division are deep, but flowers still bloom above them, and children laugh. I know that one day, these small smiles will become a great wind, and this land will be made whole.

As a pillar of Sungnyemun, I will watch in silence, believing in the enduring power of time and roots. Do not fight, do not call for more blood-join hands instead.

That is the last wish of a being who has stood guard over this land for so long."

Before I could finish my farewell, darkness swept over me. In the distance, I saw my father and grandfather waving, waiting for me. Oh, the home of my heart-at last, am I going to return there?

Is this rain, or tears? The world blurs before my eyes.

단편 소설: 치자꽃 향기

단편 소설: 치자꽃 향기

● **프롤로그**

너를 처음 본 그날, 내 심장은 조용히 떨렸다.

마치 새벽 이슬에 젖은 풀잎처럼- 조금만 닿아도 무너질 듯 투명하게.

그날, 아무 말도 하지 못했다. 그저 너의 옆모습을 바라보는 일조차 햇살 아래 윤슬을 건드리는 일처럼 조심스러웠다.

우리가 처음 마주한 그 순간은 바람 끝에 실려온 치자꽃 향기 같았다.

짧고, 하얗고, 아무리 손을 뻗어도 닿지 않는, 너무 순결해서 차마 붙잡을 수 없었던. 그건 사랑이라 부르기엔 너무 어린 감정이었지만, 그 여린 떨림은 내 마음에 계절처럼 퍼져 지금도 흐드러지게 피어나는 가장 처음의, 가장 고운 꽃이 되었다.

그러나 시간은 우리를 지나 너는 스며들 듯 조용히 멀어졌지만,

나는 문득문득 기억이라는 정원 한편에서 네 이름을 가진 하얀 꽃을 쓰다듬는다.

그래서 너는 잊히지 않는 향기다.

지나간 것이 아니라, 한때의 내가

가장 말없이 사랑했던 증거로 남아 있는-

지극히 그리운, 나만의 치자꽃.

● 1부 여름의 끝, 너를 처음 만난 날

내가 그 아이를 처음 본 건, 5학년 길고 긴 여름방학이 끝나갈 무렵이었다. 아직은 낮 햇살이 뺨을 덮을 만큼 뜨거웠지만, 어디선가 귀뚜라미 소리가 아득히 들려오기 시작한 계절. 그러니까, 가을이 오기 전 마지막 여름의 시작쯤 되는 시간이었다.

유난히 동화책을 좋아하던 나는 빈 교실에서 동화책을 읽고 있었다. 교실 바닥은 나무 향이 스며 있었고, 바람에 흔들리는 커튼 사이로 먼지들이 부드럽게 떠돌았다. 창밖으론 노란 들꽃들이 고개를 흔들었고, 먼 운동장 너머로는 여름빛에 지친 듯, 축 늘어진 해바라기 몇 송이가 서 있었다.

그때였다. 문이 삐걱 열리며, 땀에 젖은 그림자가 안으로 스며들었다.

"여기가… 5학년 2반이 맞아?"

누군가의 낯선 목소리가 정적을 깨고 우리들의 공간을 침입했다. 나는 천천히 고개를 들었고, 그 애와 처음 마주쳤다.

아…, 그 애는 얼마 전, 우리 집 근처로 이사 온, 가난한 소작농의 아들이었다.

우리 아버지는 이 학교의 교감 선생님이셔서, 우리는 학교 근처의 관사에 살고 있었는데, 유난히 그 집의 곳곳에는 하얀 치자가 많이 피어 그 향기에 머리가 어지러울 지경이었다. 그런데, 우리 옆집의 할아버지가 나이가 드셔서, 더이상 농사를 짓지 못하시자, 그 집에 소작농으로 일해 줄 사

   내 마음의 정원에서

람을 아랫마을에서 구하셨던 것이다.

그 아이는 햇볕에 그을린 까무잡잡한 피부, 유난히 깊은 눈매, 그리고
손에는 빛바랜 종이 한 장이 들려 있었다. 나는 대답 대신 고개만 끄덕였
고, 그 애는 그걸로 충분하다는 듯 조용히 웃었다. 마치 이미 오래전부터
우리 둘이 아는 사이였다는 듯 말이다.

그 아이의 아버지, 어머니는 비록 가난하셨지만, 자식의 교육에 열심이
셨고, 공부를 잘하는 그 친구는 부모님의 자랑이었다. 그 두 분은 내가 가
끔 인사를 드리면, 늘 인자한 웃음을 띠고 계셨다.

그 아이의 키는 나보다 살짝 컸고, 비록 신발은 해졌지만 그 아이의 발
걸음은 늘 당당했다. 무엇보다 그 애가 처음 칠판에 썼던 글씨는 아직도
기억난다. 삐뚤지 않고, 크지도 작지도 않고, 꼭 선생님 필기처럼 반듯하
고, 고요했다.

그렇게, 우리 둘의 계절은 조용히 시작되었다.

● 2부 **첫사랑은 종이배를 타고**

우리는 곧 학교에서 단짝이 되었다. 선생님이 무심코 짝을 정한 건 아니었다. 같은 골목에서 등하교하고, 글쓰기를 좋아하고, 둘 다 시험을 잘 봤으니까. 하지만 그보다 더 큰 이유는, 우리 둘이 너무 다르지 않아서였는지도 모른다.

나는 교감 선생님의 딸로 자라 조심스러웠고, 그 애는 어릴 적부터 땅을 일구던 아버지의 손길 속에서 단단했다. 그 차이가, 오히려 우리를 서로의 곁에 두게 했다. 우리는 매일 함께 학교에 갔다. 우리는 5학년이 끝나고, 6학년이 되었다. 봄이면 벚꽃이 활짝 핀 그 나무 아래에서 글을 쓰고, 여름엔 우리 동네의 저수지에서 같이 돌맹이를 던지며 놀았다. 가을이면 노오란 은행잎을 밟으며 시를 외웠고, 겨울엔 서로의 입김을 바라보다 동시에 웃기도 했다. 점심시간엔 같이 도시락을 나누었고, 소풍 땐 나란히 앉아 귤껍질을 던지며 웃곤 했다.

친구들이 우리 둘 사이를 놀리기도 했지만, 우리는 상관하지 않았다. 그 아이가 아주 단정한 남학생 이어서인지, 학교에 근무하시던 우리 아버지도 아무 말씀이 없으셨다. 그럴수록, 우리는 더더욱 공부에 열심을 다하였다. 주로 우리 둘이서 1, 2등을 다투었다. 방과 후, 우리는 빈 운동장을 걸으며 각자 쓴 글을 읽었다. 나는 연필로 눌러쓴 짧은 시를 꺼내 읽었고, 그 애는 아무것도 적지 않은 종이에서 눈을 들어 조용히 말했다.

"나는⋯ 아직 쓰기 전에 너한테 먼저 말해 주고 싶어."

　　　　　　　　　　　　　　　　내 마음의 정원에서

나는 그 애의 그 말이 좋았다. 글보다 먼저 나에게 마음을 건넨다는 게, 내 어린 마음에도 특별하게 느껴졌던 거다. 우리는 가끔, 마을 앞 냇가에서 종이배를 접기도 했다. 그 종이배엔 우리 둘만 알아보는 암호 같은 글을 적었다.

'햇살, 너에게로 간다' 같은 말…,

'나는 이 순간을 영원히 붙잡고 싶다는 말…'

이렇게 그 종이 배는 그 말을 품고 멀리 떠나갔고, 우리는 물끄러미 바라보다 조용히 서로의 손을 잡곤 했다. 가슴이 두근거렸지만, 우리의 부끄러움은 하늘의 붉어진 석양에 묻혀 그저 사소한 일이 되고 말았다.

우리의 시간은 그렇게 사소하지만, 아름답게 흘러갔다. 우리 사이에는 큰 일도, 어떠한 다짐도 없이 말이다. 다만, 서로를 '알아봐 주는' 눈빛 하나로 충분했던 계절이었었다. 그 애와 나는, 별다른 말 없이도 마음이 통했다. 우리는 늘 같은 길을 걸었고, 같은 하늘을 올려다보았고, 같은 날의 햇살을 따뜻하다고 느꼈다. 그건 아마도, 우리가 자라던 마을의 공기가 닮아서였을까.

방과 후, 교실 한편에 앉아 바람이 부는 창밖을 함께 바라보다가 나는 그 애에게 물었다.

"넌, 어른이 되면 뭐가 되고 싶어?"

그 애는 잠시 말이 없었다가, 칠판에 남은 분필 가루를 손끝으로 지우듯 조용히 말했다.

"나는… 너의 글을 아름답게 밝혀 줄, 화가나 될까? 하하하."

내 가슴 어딘가가 간질간질하게 울렸다. 나는 괜히 웃으며 말했다.
"나는 단순히 글이 아니라, 마음을 쓰는 사람이 되고 싶은 거야." 그 애는 그 말을 오래 기억했는지, 다음 날 내 책상 위에 조그만 종이배를 하나 놓아 두었다. 거기엔 짧은 문장 하나.

"나는, 네 마음이 되고 싶다."

그 해 여름, 우리는 매일같이 냇가에 나가 종이배를 접고, 서로가 쓴 글을 읽고, 어느 날은 둘이 조용히 웃기만 하다가 돌연 비가 쏟아져 달리던 적도 있었다.
그러던 어느 초여름이 시작되던 날, 학교에서 돌아오던 길이었던가….

치자꽃이 흐드러지게 핀 골목 어귀, 하얀 꽃잎들이 마치 눈처럼 흩날리던 그 풍경 속에서 우리는 말없이 걸음을 멈췄다. 그리고 말없이 마주 보았다.

나는 그날의 공기를 기억한다. 조금 습하고, 뜨겁고, 그런데도 환하게 향기롭던 공기. 그 아이가 조용히 내게 말했다.

"이 꽃 향기, 꼭 너 같아."

그리고 아주 조심스럽게, 그 애는 내 손을 잡았다. 그 아이의 손은 햇살

                                     내 마음의 정원에서

에 데인 듯 뜨거웠지만, 나는 그 손을 놓지 않았다. 그 손을 잡고, 우리는 아주 천천히 그 골목을 걸었다. 그리고… 아주 가볍게, 꽃잎 사이로, 그 애의 입술이 내 뺨에 스쳤다.

어린 마음에도, 그건 '첫사랑'이었다. 아무 말도 하지 않았지만, 그 입맞춤은 오래도록 내 마음의 창가에 남았다.

그러나, 그해 가을부터 이상하게 그 애는 조금씩 멀어지기 시작했다. 가끔 창밖만 바라보고, 종이배는 더 이상 떠오르지 않았다. 그러나 겨울이 되기 전, 나는 알았다.

우리 둘만의 계절이 곧 끝날 것이라는 걸….

하지만 나는 그 치자꽃 핀 골목, 그 순간…, 그 아이의 따뜻했던 손과 작은 입맞춤을 어른이 된 지금까지도 잊지 않고 있다.

마치 치자꽃이 스치듯 지나간 첫 입맞춤이었다!

● 3부 추운 겨울에 헤어지는 일

그해 겨울은 이상하게 따뜻했다.

눈은 내리지 않았고, 대신 마을엔 안개가 자주 깔렸다. 안개 속을 걷는 것처럼, 그 애와 나 사이도 조금씩 흐려지기 시작했다.

"요즘 왜 이렇게 조용해?" 내가 먼저 물었다.
그 애는 대답 대신, 잠시 들고 있던 수첩을 덮었다.
그 속엔 예전처럼 정갈한 글 대신, 비어 있는 줄이 더 많았다.
"글이, 잘 안 써져."
"왜?"
"……. 이상하게 내 마음이 자꾸 멀리 도망가."

나는 말없이 눈을 깜빡였다. 그 애는 내 얼굴을 똑바로 보지 못했다. 대신 먼 산 쪽을 향해 말했다. 바람에 치자꽃이 흔들리고, 떨어지지 않은 몇몇 꽃잎들이 차가운 공기 속에서 여전히 향기를 품고 있었다.

6학년이 끝나갈 무렵, 그 겨울의 첫눈은 생각보다 빨리 내렸다. 우리 시골의 학교 운동장은 눈이 하얗게 덮였고, 교실 창가에 기대어 보던 눈송이는 마치 아무 말 없이 "안녕"을 말하듯 조용히 쌓여갔다. 그날도 우리는 늘 하던 대로, 나란히 앉아 말없이 창밖을 바라보았다. 나는 종이 위에 시 한 줄을 적었고, 그 애는 그 시를 소리 내지 않고 천천히 따라 읽었다.

"가만히, 첫 눈이 내린다. 내 마음 깊은 곳까지 하얗게….."

그러다 그 애가 조용히 말을 꺼냈다.

"나… 곧 전학 가게 됐어. 주인 할아버지가… 지금의 논을 팔고, 도시의 아들네 집으로 가시게 됐대. 그래서 우리도 먼 도시로 갈 것 같아."

그 말에 나는 아무 대답도 하지 못했다. 작은 눈송이 하나가 교실 창에 부딪혀 깨지는 걸, 그저 멍하니 바라봤다.

"거기는 여기서 많이… 멀어?"

"응. 아주 먼 곳이래. 기차 타고 10시간 넘게 걸린대."

아마 완행 열차를 말한 것이리라.

나는 무심코, 그저 머리를 끄덕였지만, 내 눈물은 내 뺨을 타고, 가만히 목 뒤로 흘렀다.

그 애는 아무 말도 하지 않고 내 손등 위에 자기 손을 살며시 올렸다. 그 손이 너무 따뜻했다. 그래서 더 오래, 그 아이의 기억이 내 마음속에 남았다. 이별은 그렇게 조용히 왔다. 차가운 북풍도, 어머어마한 폭설도 없이, 그저 소복히 쌓이는 눈처럼, 내 마음 안에 잠잠히 자리를 잡았다.

"그럼, 여기서… 마지막 겨울을 보내는 거네?"

내가 그렇게 말했을 때, 그 애는 작게 웃으며 고개를 끄덕였다.

"그래도 너랑 겨울을 보내서 좋아. 아마 내 인생에서 가장… 기억에 남는 겨울이 될 것 같아."

그 순간, 나는 말없이 그의 손을 잡았다. 다시, 예전처럼…우리 둘만의 종이배에 '안녕' 대신 '다음에 또 만나'라는 글을 쓰듯이.

그 애가 학교를 떠나는 날, 운동장 끝에서 우리는 마주 섰다.

나는 말 대신 여름에 꺾어 내 책 사이에 넣어둔, 이미 빛이 바랜 하얀 치자꽃 하나를 꽃봉투에 넣어서 건넸다.

"너… 치자꽃 좋아했잖아."

그 애는 꽃을 받아 들고, 아주 작게 웃었다.

"기억할게. 이 꽃도, 너도. 우리 나중에……!"

그 아이의 마지막 말은 무엇이었을까?

어떤 약속 같은 것이었을까? 나중에 나는 그 아이의 따뜻한 손과 빛나던 눈길과 그 마지막 말을 기억하곤 했다.

내가 배웅을 하겠다고 하여, 우리는 그날, 같이 기차역까지 나갔다. 그들의 이삿짐은 너무도 단출했다. 드디어 기차가 왔고, 그들은 다같이 기차에 서둘러 올랐다. 그 아이가 탄 기차는 기적소리를 울리며, 유난히 아쉬움을 지닌 채 천천히 떠났고, 나는 그 뒤를 오래도록 바라보았다. 그 첫 이별의 감정은 무엇이었을까?

내가 태어나 처음 알게 된 감정, 그것은 가슴 한편이 서늘하게 비워지는 듯한 '이별'이라는 감정이었다. 슬픔이라기보다는 그저, 흰색의 도화지에 물방울이 맺혀 있다고나 할까? 그것이 얼마나 오래도록 내 안의 눈물방울이 될런지 나는 짐작도 할 수 없었다.

문득, 그 애가 썼던 글귀가 떠올랐다.

'햇살, 드디어 너에게로 간다.'

그 문장이 차가운 겨울 바람에 밀려 내 귓가에 다시 속삭였다. 그리고 나는, 조용히 한 발을 뒤로 물러섰다. 우리는 너무 어렸고, 아무것도 약속 할 수 없었지만, 사실… 그 아이는 내 추억속의 "첫사랑"이었고, 그 추억과 이별은 내 안에 잊히지 않을 겨울로 남았다.

이윽고, 그 이별 뒤, 우리는 중학생이 되었고, 서울로 올라간 그 아이에 게서 몇 번의 편지가 왔지만, 결국 우리는 그렇게 서로에게 서서히 잊히 고 말았다.

그 후 우리는 각자의 주어진 학업에 매진하느라, 어린 초등학교 시절의 풋익은 짝사랑의 감정은 쉽게 퇴색되어져 갔던 것이다.

● 4부 우리, 다시 만나자

　우리 마을과 우리 집 안에서 치자꽃은 매해 여름이 되면 잊지 않고 핀다. 그 순결한 꽃잎은 진한 향기를 남기며, 우리 곁을 떠나가곤 했다. 내가 고등학교를 졸업하던 해, 치자나무는 얼마나 크게 자랐던지, 꽃송이가 백 송이쯤 달렸다.

　그 골목 어귀, 작은 집 앞 하얀 담장 옆에 피어난 꽃은 그때 그 아이가 떠난 이후로도 매년 어김없이 얼굴을 내밀었다. 나는 그렇게 고향마을에서 고등학교를 졸업하고, 근처 소도시의 교육대학교를 진학했다. 2년 뒤, 나는 초등학교의 교사가 되어 다시 우리 고향에 와서, 아버지가 근무하시던 그 학교에 근무하게 되었다. 나는 지금 고향마을의 초등학교의 교사로, 제법 유명한 '향토 시인'이 되었다. 부모님께서는 오빠가 사는 소도시로 이사하셨고, 나는 학교 근처의 작은 집을 얻어 혼자 살고 있다.

　나는 가끔 잡지에 시와 짧은 산문을 싣기도 하고, 내 친구가 운영하는 동네 책방에서 '시 읽는 모임'을 열기도 한다. 하지만 매년 여름, 그 치자꽃이 피는 즈음이면 문득, 내 오랜 추억 속의 한 사람이 생각나곤 했다. 올해도 아무 소식이 없는 그 친구를 나는 또 기다리고 있는 것이다.
　'그 친구는 이미 나를 잊었겠지. 무엇을 하고 사는지, 내게 소식이라도 전해 주면 좋으련만…!' 그런 생각이 들 때면, 나는 여전히 그 골목 어귀를 돌아보곤 했다.
　잊었다고 말하면서, 사실은 한 번도 잊은 적이 없었던 내 첫사랑, 내 마음 속의 한 사람.

　　　　　　　　　　　　　　　　　　　　내 마음의 정원에서

그러나, 나는 늘 학교의 일과 시를 쓰는 일에 묻혀 일부러 더 바쁘게 지냈다.

오늘은 학교 근처의 책방에서 '시 읽는 모임'이 있는 날이다. 내 친구가 운영하는 모임이라, 나도 도움을 주려고 일찍 도착했다. 유명한 시인분이 오신다고 하여, 많은 사람들이 모이는 날이다. 차와 빵, 과일등을 준비하고, 시인분의 명찰과 소개 등을 준비하고 있었다.

그때였다.

오랜만에 찾은 고향의 골목, 다시 하얀 꽃이 흐드러지게 핀 그곳에서 누군가 눈에 익은 듯한 한 남자가 나를 향해 천천히 걸어오고 있었다. 햇볕에 그을린 까무잡잡한 피부, 그 시절과 똑같은 반듯한 눈빛. 그리고 손에는 작은 종이 봉투가 하나 들려져 있었다. 내가 그 애에게 주었던, 그 꽃무늬 봉투, 그리고 안에는… 한 송이 치자꽃이 있었지….

꿈결처럼, 그가 다가와, 이전처럼 다정한 말투로 말했다.

"미영아. 혹시… 그때 그 치자꽃, 아직도 피나… 나는 늘 궁금했어."

나는 그 말을 듣고도 아무 말 하지 못한 채, 그저 고개를 끄덕였다.
눈이 시려와 한참을 깜빡였더니, 어느새 웃고 있는 그가 내 앞에 있었다. 이전에는 나와 비슷한 키였는데, 이제 그는 나보다 한참이나 큰 건장한 청년이 되었다.
"인수야. 너, 그때랑 얼굴은 똑같다. 너한테서는 여전히 책 냄새가 날 것 같아. 그런데 어쩌면, 연락 한 번을 못하고? 이제서야…" 나도 모르게 그에게 투정을 하고 있었다.

"넌… 어쩌면 아직도, 내 기억 속 그대로다. 그때 내가 준 그 '시 한 구절' 을 네가 기억할까 봐, 두려웠어. 하하하~~"

"아, '햇살, 드디어 너에게로 간다.' 그 시 말이지? 내가 얼마전 잡지에 쓴 수필에서 그 얘기를 썼었는데… 혹시 보았니?"

"그럼… 봤어, 그래서 너에게로 이렇게 용기를 내서 온 거야. 나는 그동 안 너에게 자랑스런 사람이 되고 싶었어. 그래서 열심히 공부하며, 학비 를 벌며, 서울에서 자리를 잡느라, 너무 바빴어. 미영아! 나, 이제 변호사 가 되었다."

우리는 말없이 골목을 걸었다. 우리가 어릴 적 함께 지나던 돌담길, 그 때는 바스락거리는 나뭇잎 소리만 들리던 곳이었지만 지금은 심장이 소 리 내어 뛰는 걸 느낄 수 있었다.
"그때… 나, 외로운 그곳에서 널 많이 그리워했어. 늘 너에게 자랑스런 사람이 되면, 다시 너에게 오려고 많이 노력했었다. 지금의 성공의 반은 네 몫이야. 하하."

나는 그 말에 눈을 돌려 그를 보며 말했다.

"나도…, 늘 너를 그리워하면서 너를 만나면, 자랑스런 사람이 되려고 노력했어, 언젠가 너가 이렇게 다시 나를 찾아 오리란 믿음이 있었지. 그

　　　　　　　　　　　　　　　내 마음의 정원에서

리고, 너한테 늘 시를 한 구절 쓰고 싶었어.”

　“뭐였는데? 그 시는?” 인수는 여전히 그 수줍은 듯한 미소로 웃으며 말했다.

　“다시 만나자, 치자꽃 피는 골목에서.”

　그는 잠시 숨을 멈춘 듯 조용해지더니, 내 손을 가만히 잡았다.
　이번엔 놓치지 않겠다는 듯이, 천천히, 그리고 단단히… 나는 그의 손을 보았다.

　예전보다 훨씬 커진, 하지만 여전히 따뜻한 그 손.
　“그럼, 우리… 다시 시작해 볼까? 난 이제 준비가 되었어.”
　치자꽃이 흐드러지게 피고, 햇살이 담장 너머로 내려앉는 그 골목. 그곳에 오래도록 머무는 두 사람의 뒷모습.
　우리의 ‘첫사랑’은 끝나지 않았다. 그건 계절을 기다려 다시 피는 꽃처럼-

　그리움 끝에서 다시 시작되는 사랑이었다.

● 에필로그 – 치자꽃이 다시 필 무렵

가끔은, 사랑이 끝나지 않는다는 걸 이제야 조금 알 것 같았다.

그땐 너무 어려서 그리움이 얼마나 깊은 뿌리를 내리는지도 몰랐고, 사랑이 얼마나 오래도록 향기를 품는지도 알지 못했다.

하지만 지금, 치자꽃이 다시 피는 이 계절에 너와 나의 시간은 서로를 잊지 못한 두 마음으로 돌아왔다.

어릴 적 종이배에 적어 보냈던 그 말-
"햇살, 너에게로 간다." 그 문장이
이제는 우리의 삶이 되어 있었다.

나는 여전히 시를 쓰고, 너는 내 곁에 앉아 조용히 그 시를 읽는다. 가끔은 웃고, 가끔은 침묵하며- 우리는 함께 머문다.

지나간 시간은 결코 사라지지 않았다. 그건 우리 마음의 어딘가에서 조용히 잎사귀처럼 바스락거리고, 때때로 꽃처럼 피어났으며, 결국 우리를 여기로 이끌었다.

이제는 안다.

첫사랑이란, 잊는 것이 아니라 삶 속에서 다시 피워내는 것이라는 걸. 그래서, 우리가 보낸 편지 같은 시간들, 지금도 내 마음 한편에서 이렇게 속삭인다.

내 마음의 정원에서

"다시 만나서… 참 다행이야."
그리고 나는 미소 짓는다. 네가 있는 이 자리,
그 치자꽃 향기 가득한 골목이-
다시, 내가 가장 살고 싶은 계절이 되었으니까.
사랑하는 사람과 함께 하는 아름답고,
소중한 시간들은 치자꽃 향기보다 향기롭고,
그 무엇보다도 아름다웠으니까….

내가 얼마 전 감명 깊게 본 드라마가 있다. 넷플릭스에서 방영된 임상춘 작가의 「폭삭 속았수다」이다. 그 드라마를 보면서 문득 생각했다. 따뜻한 가족 이야기만으로도 사람들은 위로를 받지만, 때로는 더 깊고 아픈 곳도 들여다봐야 하지 않을까, 하고 말이다.

사실, 혹평도 있었지만 나는 개인적으로 아주 좋았다. 사람을 먼저 본다는 게 얼마나 어려운 일인지 알기 때문이다. 그래서 이번엔 나도 용기를 내어 부딪쳐 보기로 했다. 동학의 녹두꽃부터 분단과 전쟁, 그리고 숭례 문까지- 한 그루 나무의 시선으로, 이 땅을 살아온 이름 없는 사람들의 이 야기를 써내려 가고 싶었다. 거창하게 말하면 민족 서사일지도 모르지만, 결국엔 아주 사적인 위로였다.

나 자신에게, 그리고 이 책을 읽어 줄 누군가에게 이 이야기를 바친다.

책 한 권을 탈고하면서 찾아오는 그 익숙한 시원함과 섭섭함 사이에서, 한 가지는 분명하다. 이 이야기를 쓰는 동안 나는 참 행복했다는 것. 정말 많이 웃었고, 때로는 울컥했고, 보람찼다. 그 마음을 이 글을 읽어 주시는 여러분 한 사람 한 사람과 나누고 싶다. 그동안 우리는 수많은 혼란과 상 처 속에서도 꿋꿋이 버텨냈다.

그리고 지금도 우리는 계속 한 걸음씩 나아가고 있다. 삶이란 언제나 그렇게 흘러가니까.

나의 삶이여, 어둠을 지나더라도
스스로 빛나는 별이 되기를…
우리의 생이여, 넘어져도 다시 피어나는 들꽃처럼,
결코 꺾이지 않기를…
더불어 사는 삶이여,
때론 눈물로 서로를 적시더라도
그 안에서 따뜻한 온기를 잃지 않기를…

오늘도, 우리가 이 작은 하루를 살아냈음에 조용히,
그러나 깊이 감사하기를…

2026년 새봄에 작가, 김윤미 드림

Author's Note

Recently, I was deeply moved by a Netflix drama written by Im Sang-chun called "Poksak Sukasuda." While watching it, a thought struck me: even the simplest stories of warm family life can offer comfort, but sometimes we need to look deeper into those places that ache.

Though the series received mixed reviews, I loved it because I understand how difficult it is to truly see people as they are. Inspired, I summoned the courage to dive in myself. From the peasant rebellion of Donghak and the division and war that followed, to the tragic fire at Sungnyemun, I wanted to tell stories of ordinary, nameless people through the eyes of a single tree. On a grand scale, perhaps it's a national epic, but at its heart, it's deeply personal-a gesture of forgiveness and solace.

I offer it to myself and you, the reader.

As I completed this book, I found myself caught between relief and longing-the familiar blend that comes at the end of any labor of love. Yet one thing remains clear: writing this story made me profoundly happy. I laughed more than I have in a long time, was brought to tears more often than I expected, and found deep purpose in every word. I want to share that feeling with every reader.

내 마음의 정원에서

Despite countless confusions and wounds, we have endured. And today, we continue to take one small step forward. Because that's how life flows.

My life, may you become your shining star,
even though darkness.
Our lives, like wildflowers that bloom again after falling,
May we never break.
To live together- even if sometimes watered by tears, may warmth remain in our hearts.
Today, quietly but deeply,
Let us give thanks for getting through this small day.

- Spring, 2026

Kim Yun me

내 마음의
정원에서

초판 1쇄 발행 2026년 3월 7일

지은이   김윤미
펴낸이   이기봉
편집   좋은땅 편집팀
펴낸곳   도서출판 좋은땅
주소   서울특별시 마포구 양화로12길 26 지월드빌딩 (서교동 395-7)
전화   02)374-8616~7
팩스   02)374-8614
이메일   gworldbook@naver.com
홈페이지 www.g-world.co.kr

ISBN   979-11-388-4612-7 (03810)